길모퉁이에서
만난 사람

길모퉁이에서
만난 사람

양귀자 인물소설

쓰다.

　아는 사람은 다 아는 사실이지만, 나는 운동에는 젬병이다. 내가 할 줄 아는 운동은 오직 맨손체조 그것 하나뿐이다. 초등학교에 다닐 때부터 나는 운동회가 싫었다. 다른 종목이야 애당초 출전을 못하지만 의무적으로 달려야 하는 달리기 시합만은 빠질 도리가 없었다. 나는 여덟이 달리면 8등, 다섯 명이 달리면 5등을 했는데 어느 해 놀랍게도 2등을 한 적이 있었다. 키가 커서 맨 나중에 달렸고, 앞에서부터 숫자를 채우다 보니 마지막에는 달랑 두 명만 남은 까닭이었다. 지금도 내 어머니는 그 시절의 운동회 회고담을 아주 즐겨하신다. 두 다리보다 배가 먼저 나가는 내 뜀박질 자세를 보고 모두들 하하 호호 웃었대나 말았대나…….

　둔한 운동신경은 일상생활에서도 가지가지로 골치였다. 조금만 날렵하게 걸었는가 싶으면 넘어지기 일쑤요, 무심히 걷는데도 웬일인지 콜라병이나 유리컵 따위를 자꾸 걸어차게 되니, 지금까지 살아오면서 내 발끝에 채여 사라진 유리컵이 무려 몇 개인지 헤아릴 도리가 없다. 하여간 나한테는 '민첩하다'라거나 '재빠르다' 등의 수식어는 도대체가 어울리지 않는다. 나는 엘리엇의 시 구절처럼 차라리 바다 저 깊은 곳에서 엉성한 다리로 어기적거리는 게로나 태어났어야 할 위인이었다. 아니, 진심을 말하자면 나는 이 왁자지껄한 삶 속에서 진정으로 어기적거리며 살고 싶었다. 그것이 가장 나한테 어울리는 일인 것 같았다.

그래서 운동을 즐긴다거나 배운다거나 하는 일은 일찌감치 포기해 버렸고 일상생활에서도 어지간한 일이 아니면 절대로 뜀박질 따위는 하지 않겠다고 굳은 결심을 한 바가 있었다. 그 결심은, 원미동에서의 십 년 동안은 상당히 잘 지켜졌었다. 그곳에서는 우선 마음이 분주하지가 않았다. 뛸 일이 있어도 나보다 잘 달리는 누군가가 대신 달려가 그 일을 해결해 주곤 했다. 황새처럼 엉성하게 달리는 꼴을 보느니 그게 낫다고 이웃들이 놀려도 나는 태연했다.

그러나 서울로 이사를 오고부터는 상황이 달라졌다. 폭 좁은 소방도로를 산책하듯이 걸으며 시장이며 은행을 다니던 원미동과는 달리 지금은 한 발자국만 나와도 사차선 도로에 정신이 어질어질할 만큼 차량 통행이 빈번하다. 버스는 도착하기 무섭게 떠나고, 푸른 신호등은 반도 못 건너서 벌써 위협적으로 깜박인다. 앞차가 조금만 뭉그적거려도 뒤차는 신경질적으로 빵빵거리고, 사람들은 모두 화가 난 표정으로 입을 꾹 다물고 앞만 쳐다보며 씽씽 걷는다.

영화관을 가도, 백화점을 가도, 서점엘 가도, 모두 등을 떠밀며 앞으로 앞으로 가라고만 한다. 머뭇거리다간 아무것도 자기 차례로 만들 수 없음을 잘 아는 서울 사람들의 표정을 보고 있으면 나는 또 바다 밑바닥을 어기적거리는 게가 되고 싶어지고 만다.

그래도 지금까지 삼 년 동안은 그런대로 내 스스로의 약속만큼은 지키고 살았다. 적어도 나는 등 떠밀며, 혹은 등 떠밀리며 사는 서울 사람으로 살고 싶지는 않았으므로 민첩하고 날렵하게 뛰어보겠다는 시도는 결코 한 번도 하지 않았던 것이다. 나는 끝까지 어기적거릴 속셈이었고 그럴 자신도 있다고 생각했었다.

그러나 그게 아니었다. 내가 나를 모르고 있었다는 사실이 백일하에 드러난 그 사건, 바로 그 사건을 지금 나는 말할 생각이다. 처음에는 행여 누가 알까봐 쉬쉬했었고 나중에는 도무지 나를 이해할 수 없어서 어리둥절하기만 했던 그 사건.

그 일이 일어났던 날의 퇴근 풍경은 여느 날과 조금도 다름이 없었다. 나는 늘 그래왔듯이 어둠이 깔리자 일을 마치고, 작업실

의 불단속과 문단속을 여러 번 검토한 뒤, 엘리베이터를 타고 일
층으로 내려왔다. 미리 말하지만, 나는 그 작업실에서 꼬박 삼 년
째 일을 하고 있었으므로 그 현관의 구조야말로 눈을 감고도 환
히 알 만큼 익히고 있는 상태였다. 엘리베이터에서 열 발자국쯤
걸으면 전면이 모두 유리로 되어 있는 현관이 나오고 현관의 왼
쪽에는 경비실, 그리고 오른쪽에는 우편함과 담배자판기가 있는
그곳을 나는 하루에도 대여섯 번씩 삼 년을 다녔던 것이다.

그날, 어떤 일이 일어나리라는 징조는 어디에도 없었다. 현관
은 조용했고 유리문 저쪽의 바깥세상은 푸른 어둠이 깔리는 초
저녁이었다. 그 푸른 어둠이 참 아름답구나 생각하고 있는데 건
물 앞 횡단보도의 신호등이 붉은색에서 초록색으로 바뀌는 것이
눈에 들어왔다. 웬일인지 그 초록신호등을 보는 순간 나는 마음
이 짠해져 버렸다. 한 번 상상해 보라. 연회색과 맑은 청색을 섞
어 놓은 듯한 저녁의 어둠 속에서 불현듯 피어난 초록색이 얼마
나 아름다울 것인지.

그때 나는 나를 놓친 것이다. 나는 갑자기 지독한 열망에 휩싸
여 버리고 말았다. 죽을 듯이 간절하게 나는 그 초록신호등을 따
라가고 싶었다. 잠시 후에 다시 초록등이 켜진다는 사실 따위는
조금도 중요하지 않았다. 오직 지금 저 앞에서 반짝이는 저 불빛
만이 나를 집으로 건네주리라고 믿어지는 것이었다. 달리면, 마

구 뛰면, 가능하리라…….

　말로 하면 길지만, 그 간절한 열망과 내가 갑자기 온몸으로 힘을 모은 것은 거의 동시였다. 나는 있는 대로 에너지를 가동시킨 다음 기관차처럼 달리기 시작했다. 기관차처럼 달리고자 하는 힘이 절정에 치달아서 내가 나를 통제하기 어렵게 된 바로 그 찰나 나는 엄청난 절망감과 마주쳐야 했다. 도저히 나를 어찌해 볼 수 없게 된 순간에서야 나는 깨달았던 것이다. 지금 내가 온 힘을 다해 돌진하고 있는 문은 문이 아니고 단순히 유리벽이라는 사실을, 사람이 드나드는 문은 여기가 아니고 저기라는 것을.

　그러나 이미 때는 늦은 것이었다. 유리벽을 향해 맹렬히 돌진했던 내 행동은 전치 2주일의 상처와 한 달 이상의 치과치료를 요하는 치아손상의 결과로 끝났다. 처음에는 내 상처가 얼마나 큰지 알고 있지 못했다. 현관의 경비아저씨는 저 아줌마가 왜 저러는지 알 수 없어서 입만 벌리고 있었고, 나는 치사하게도 이 장면이 재미 삼아 일부러 벌인 조그만 장난인 것처럼 여겨졌으면 좋겠다는 생각으로 담담하게 행동하고자 안간힘을 쓰기까지 했었다. 그러나 깨진 이빨과 순식간에 부풀어 올라서 어른 주먹만 해진 이마의 혹, 충격으로 덜덜 떨리고 있는 몸이 내 체면을 여지없이 손상시켰다.

　할 수 없이 나는 더듬더듬 내 행동을 변명했다. 저 푸른 저녁과,

저 푸른 신호등이 나에게 빨리 오라고, 어서 뛰라고, 뛰지 않으면 모든 것을 놓친다고, 자꾸자꾸 그렇게 말했다고…….

이 우발적인 사고는 그러나, 결코 우발적인 것이 아니었다. 나는 상처로 인해 근신하는 보름 동안 생각하고 또 생각했다. 처음에는 부끄러웠고, 그다음에는 약이 올랐고, 그다음에는 슬펐다. 그리고 마지막에 가서는 놀라운 사실을 발견했다. 아, 서울이란 곳은 마침내 어기적거리며 살고자 무진 애를 쓰는 나 같은 인간마저도 뛰게 하고야 마는구나. 내 굳은 결심을 무너뜨리는데 필요했던 소도구는 그저 푸른 신호등 하나면 족했구나. 나는 정말 아무것도 아니었구나…….

상처가 아물고 난 뒤 나는 곧바로 이 책의 원고들을 꺼내 정리하기 시작했다. 나도 모를 일이었다. 굳이 풀이하면 이제쯤에는 『지구를 색칠하는 페인트공』에 이어지는 두 번째 인물소설을 펴낼 때가 되었음을 알리는 하나의 징후로 그 사건을 받아들였던 것일 수도 있었다. 『지구를 색칠하는 페인트공』이 그 당시 내가 살던 부천시 원미동 사람들에 대한 보고서였다면 여기 내놓는 『길모퉁이에서 만난 사람』은 서울과 서울 사람들에 대한 기록이다. 유리벽에 머리를 부딪쳐가면서까지 서울에 감염되고 만, 나 또한 이제는 서울 사람이고 그러므로 이 책은 나올 수 있는 것이었다.

처음 이 작업을 시작할 때의 생각은 소설 창작의 여러 조건 때문에 소설 속에 온전하게 편입되지 못하고 그림자로 남거나 혹은 소설로 만들어지면서 전형성의 문제에 걸려 아예 삭제되고 마는 인물들을 짧게나마 되살린다는 의도였다. 개인 하나하나가 간직한 암호들을 해독해 가는 과정이야말로 우주탐험의 여정에 다름 아님을 작가인 나는 잘 알고 있었기 때문이었다.

　　그러나 시간이 흐를수록 나는, 우리들이 항용 부르는 소설이란 장르가 지닌, 알게 모르게 합의된 기계성에 조금 답답함을 느꼈다. 소설이란 무엇인가. 그것은 문(門)이 아니던가. 나와 당신, 나와 세상을 연결 짓는, 엄한 문지기가 딱딱거리지 않는 그런 문.

　　그리하여 점점 주객이 바뀌는 상황이 벌어지고 말았다. 나는 길모퉁이에서 만난 사람들을 기록하는 데 너무 많은 시간을 바쳤다. 당연히 소설쓰기에 필요한 시간은 그만큼 모자랐다. 최근 들어서는 소설보다 훨씬 많은 시간을 여기에 배당했다. 그래도 된다는 생각 하나가 뚜렷하게 내 마음속에서 자라고 있었던 까닭이었다.

　　요즘처럼 대대적인 물량 투입의 시대에 소설이라고 예외일 수는 없다. 한 편의 소설이 3부작, 5부작, 10부작으로 이어지는 일은 다반사이고, 내용보다는 외형에 치우치다 보니 한편에서는 한 권짜리 소설보다 다섯 권 열 권짜리 소설들을 생산해내는 물량 우선의 경향까지 암암리에 퍼져가고 있는 중이다.

　그런 시대에 나는 이백 자 원고지 스무 장, 길어야 스물다섯 장
이 넘지 않는 짧은 글을 부여안고 한 인물의 드러난 모습과 숨겨
진 정신을 아울러 추적하는 작업에 매달리고 있는 것이었다. 아
니, 그렇기 때문에 더욱 나는 짧은 소설 속에 많은 이야기를 담는
방법론을 모색할 필요를 느꼈다.

　첫 번째 인물소설이었던 『지구를 색칠하는 페인트공』을 낸 지
꼬박 4년 만에 이 책을 묶는다. 세 번째 인물소설집은 또 얼마나
시간이 흘러야 책으로 묶여질지 지금은 전혀 알 수 없지만, 내가
글을 붙잡고 있는 한은 어쩌면 이 작업도 꾸준히 병행될 것이라
고 나는 믿는다. 고통과 실망투성이임에도 불구하고 내가 이 세
상을 사랑할 수밖에 없는 까닭은 이 세상 속에 끼어 있는 사람, 사
람들 때문이니까.

　본의 아니게 이 책에 등장한, 잘못이라면 삶의 어느 길모퉁이
에서 우연히 나라는 인간을 만난 죄밖에 없는 모든 이들에게 먼
저 나의 애정을 바친다. 아무리 뒤적여봐도, 그것 외에 내가 내밀
수 있는 또 다른 변명이 찾아지지 않는다.

1993년 11월 양귀자

이십 대에는 모든 사랑 속에 나를 일인칭으로 투입했었다.
그때의 '나'는 세상의 어떤 사랑에도 도저히 무관심할 수 없었다.
그것은 언제라도, '나'에게도, 가능한 것이라고 여겼었다.
이십 대를 넘긴 한참 뒤에, 나는 깨달았다.
이제 나는 사랑을 일인칭으로 서술할 수 없음을,
사랑은 일상으로 스며들고 그리움으로 무너지며 남겨지는 것임을.
그리고 이제 나는 삼인칭으로 사랑을 이야기하고 있다.
어떻게 이야기해도 사랑은 아름답다.
사랑은 상상할 수 있는 모든 불화를 다 뛰어넘고,
사랑은 어떤 예측도 불허한다.
사랑은 우리를 훈련시킨다.
우리가 사랑을 훈련시키는 것이 아니라……

사랑은
우리를
훈련시킨다

박치기
사랑

　김동희 씨는 한눈에도 몹시 당차 보이는 얼굴을 지닌 아가씨다. 아니, 그런 인상은 어쩌면 나 혼자만의 생각일지도 모른다. 왜냐하면 나는 손수 운전을 하고 다니는 모든 여성들에 대하여 일단은 당차고 똑똑한 사람이라는 고정관념을 가지고 있으니까. 나같이 둔한 사람은 그렇게 복잡한 기계를 그처럼이나 복잡한 거리에서 몰고 다니는 일일랑 꿈도 꾸지 못하는 형편이니까.

　김동희 씨는 이제 2년의 그리 길지 않은 경력임에도 불구하고 아주 부드럽고 능숙하게 차를 다루어서 매번 나의 감탄사를 유도하곤 한다. 나는 그녀가 왜 적금을 탈탈 털어 소형차 한 대를 구입했는지도 잘 알고 있다. 그도 그럴 것이 그녀와 나는 필자와 기자의 입장에서 만난 사이인 데다 알고 보니 서로 간에 살고 있는 집도 그리 멀지 않은 곳이어서 상대의 근황을 빠르게 알 수 있는 까닭이었다.

"도저히 안 되겠어요. 버스를 세 번씩 갈아타는 것은 참을 수 있더라도 마감 때는 자정 넘어 퇴근하기가 다반사인데 택시 타기도 겁나고 취객들과 합승해서 곤욕 당하는 일도 지겨워요."

여성잡지의 기자인 김동희 씨는 그래서 재작년에 운전을 시작했다. 운전을 시작한 뒤로 그녀는 종종 나를 유혹했다.

"양 선생님도 운전을 하세요. 운전, 이거 사실은 여자들이 해야 하는 일이라고요. 그러면 난폭운전이나 음주운전으로 인한 사고는 깡그리 없어질 거예요. 교통사고를 완전히, 아니면 아주 극소수로 줄일 수 있는 방법은 남자들한테는 아예 운전면허를 내주지 않는 길밖에 없어요. 물론 기왕에 취득한 남자들의 면허도 모두 취소시켜야죠. 세상의 모든 자동차는 여자들만 운전한다, 이런 법률을 만들면 교통사고 따위는 걱정하지 않아도 되는 건데."

김동희 씨의 주장에도 일리는 있었다. 그럼에도 나는 전폭적으로 그 주장을 지지하지 못하였다. 그렇게 되면 별수 없이 나도 운전대에 앉아야 하는데, 아무래도 그것만은 도저히 잘할 자신이 없다는 데 문제가 있기 때문이었다. 어쨌거나 김동희 씨는 나와 만날 때마다 여자이기 때문에 당하는 여러 가지 운전상의 불이익에 대하여 분개하곤 했다.

지금은 우리 모두 '박치기 씨'라고 부르는 한 남자가 처음 모습을 나타낸 것도 그런 여러 불이익 사례에 끼어서였다. 아마 작년 겨울의 드문 폭설 때의 일이었을 것이다. 동네에서 큰길로 나오는 입구가 내리막길이어서 눈이 오면 차들마다 여간 애를 먹는 게 아닌데 김동희 씨도 거기서 그만 바퀴가 미끄러지는 통에 신호대기로 잠시 멈춰 있는 앞차를 들이받고 말았던 것이다.

　　"1단 기어를 넣고 속력 없이 내려가는 중인데다 브레이크까지 밟은 상태로 미끄러져서 앞차를 받은 것이라 범퍼에 약간의 흠집이 났을 뿐이에요. 그런데도 이 남자, 무슨 봉을 잡은 얼굴로 딱딱거리지 뭐예요."

　　운전의 기술적인 측면일랑 백날을 말해도 나는 못 알아듣는 형편이라 대충 감을 잡아서 설명하자면 남자 쪽이 그냥 넘어가 줘도 될 일인데 여자 운전자라고 얕보고 손해배상을 요구했다는 이야기였다.

　　"정 그렇다면 연락하라고 명함을 한 장 줬지요. 그랬더니 이 남자, 회사로 전화를 걸어와서 뭐라는 줄 아세요? 범퍼값은 자기가 물 테니 차나 한 잔 사달라는 거예요. 세상에, 사람을 뭐로 보는지, 기가 막혀서."

　　"그래서 차를 한 잔 샀어요?"

　　나는 정말 궁금해서 물었는데 김동희 씨한테 지청구만 먹었다.

"선생님도, 그런 치한한테 왜 차를 사요? 범퍼가 아니라 차라리 새 차를 한 대 사주는 한이 있어도 차 한 잔은 못 사겠다고 했죠. 그랬더니 아버지가 재벌인 모양이라고 비아냥거리데요. 그래서 아버지는 실업자인데, 내가 이 회사 관두면 퇴직금이 나올 테니까 그것으로 배상하겠다고 했지요."

얼마나 단호하고 확실한 아가씨인가. 그러니 내가 김동희 씨를 좋아할밖에.

하여간 그렇게 해서 박치기 씨도 우리들의 화제에 일회성으로 끼어들고 사라져버리는 줄 알았다. 그 뒤론 전화가 없었다니까.

그런데 꼬박 일 년을 지내고 나서, 그러니까 올 초겨울에 그는 놀랍게도 재등장을 했다. 그것도 일 년 전과는 정반대의 방법으로 김동희 씨 앞에 나타난 것이다. 다시 말하면, 이번엔 그가 그녀의 차를 박은 것이다. 그것도 일 년 전의 바로 그 자리에서, 똑같이 눈이 내려 빙판길이 된 아침 그 시간에.

"한바탕 퍼부어 주려고 내리니까, 기가 막혀서, 작년에 내가 들이받은 그 차가 아니겠어요? 물론 운전석에 앉은 남자도 그 치한이구요. 범퍼도 크게 상하지 않았고 해서 그냥 보냈어요. 나는 그치처럼 치사하게 굴지 않았죠, 뭐."

여기까지가 끝이라면 흔한 우연으로 돌리고 말 일이었다. 그러나 이 젊은 남녀의 자동차 박치기는 올 겨울 우리 동네 내리막길이 얼어붙는 날마다 되풀이되고 있었다. 그것도 매번 남자의 차가 미끄러져 여자 차를 받는 형식으로.

"보세요, 벌써 세 번째예요. 이젠 한 번만 더 받히면 범퍼가 박살이 날 걸요. 봐주는 것도 한두 번이지 이젠 톡톡하게 손해배상을 받아낼 판이에요. 이건 완전히 날 골탕 먹이려고 계획적으로 하는 짓이 분명해요. 어디, 두고 보라지요."

두고 보자는 김동희 씨의 굳은 결심은 결코 헛말이 아니었다. 그녀가 그 남자를 어떻게 처치했는지를 알고 나서 나는 입을 다물지 못하였다.

"선생님, 저 그 박치기 씨하고 3월에 결혼하기로 했어요."

"아니, 손해배상은, 아니, 범퍼는 갈아준대요?"

"범퍼값이야 물론 받았지요. 그리고 평생을 두고 나에게 손해배상을 하게 하는 방법으로 결혼이 가장 좋을 것 같아서 그렇게 결정을 했어요."

세상에, 그런 손해배상도 있었나. 나는 여전히 멍한 상태였다. 여기에 대해서는 나중에 박치기 씨 본인으로부터 직접 설명을 들은 바가 있다.

"작년에 동희 씨 차한테 처음 박치기 당한 뒤부터 마음을 빼앗겼어요. 그래서 치밀하게 일개년 계획을 짠 거예요. 당돌한 아가씨라 섣불리 접근했다간 점수만 빼앗길 것 같고, 일 년을 기다렸다가 박치기 수법을 써먹은 거지요. 정말이지 올해처럼 눈 오는 날을 애타게 기다려 본 때도 없어요. 눈이 와야 이 사람 차에 박치기를 하지요."

그렇게 해서, 당차고 똑똑한 김동희 씨는 눈 녹고 얼음 풀리는 삼월에 꽃 같은 신부가 될 예정이다. 요즘은 박치기 씨가 운전하는 자동차에 실려 편안하게 출퇴근을 하고 있다는 소식까지 들려오고 있는데, 그녀의 '남성운전 불허설'은 아직도 온전한지 그거나 한번 필히 물어볼 일이다.

사랑은
그를 훈련시킨다……

좋은 사람을 만나면, 그 옆에 또 다른 좋은 사람을 세워두고 싶어진다. 물론 그이가 미혼인 경우에 한해서이다. 그런데 그 좋은 사람이 오래전에 이미 혼인 적령기를 넘겨버린 처지에 있다면 더 말할 나위도 없다. 중매에 전혀 소질이 없다 해도 어느 사이 그쪽 길로 접어들고 마는 것이 당연지사였다.

'김 불초소생' 씨가 바로 그런 사람이었다. 그 사람이야말로 나로 하여금 생애 처음 중매 사업에 손을 대게 한 당사자였다. 하지만 나로서는 감당키 힘든 사업이었다. 무엇보다도 '김 불초소생' 씨의 굳건한 여성관이 가장 큰 애로사항이었지만 본인은 조금도 양보를 하지 않으니 사업이 수월할 수가 없었던 것이었다.

그런 그가 결혼을 했다. 그리고 지금은 신혼 중이다. 나는 비록 실패했지만 마침내 누군가 그의 짝을 찾아준 것이었다. 그가 찾은 어여쁜 신부, 그리고 '김 불초소생' 씨를 떠올리면 나는 언제나 즐겁다. 너무나 즐거워서 자꾸만 실실 웃음이 나온다.

이것은 무슨 유행가 같지만, 내게 있어서 그는 성은 김(金)이요, 이름은 불초소생(不肖小生)이다. 그럴 수밖에 없다. 서로가 다 바쁜 사이라서 자주 만나지는 못해도 전화 통화는 자주 하는 편인데 그럴 때마다 그는 어김없이 "안녕하십니까, 불초소생입니다."라고 말한다. 처음에는 나도 그 말을 웃으면서 들었지만 요새는 하도 들어서 그의 이름을 말할 기회가 와도 자칫 김 불초소생으로 입에서 튀어나올 정도이다.

불초소생 씨는 이미 말한 대로 지금 목하 신혼 중이다. 사실 그의 신혼에 관해서라면 이렇게 덤덤하게 표현해서는 안 된다. 자그마치 십여 년 동안 부모와 친지들의 애를 태우다 간신히 하게 된 노총각의 결혼이니까 이럴 경우에는 평균치의 애정만 가지고 그의 신혼을 거론하기가 좀 서운하다. 보통 사람의 결혼 적령기에서 거의 십 년을 넘긴 결혼이니 불초소생 씨의 나이는 이미 삼십대 후반으로 접어들고 있는 처지다. 게다가 그는 체통과 법도를 유난히 따지는 집안의 장남이다. 그의 부모들이 결혼할 생각도 하지 않고 늙은 총각으로 세월만 보내는 아들을 보며 얼마나 애를 태웠을 지는 보지 않아도 능히 알 수 있는 일이다.

막혀 있는 앞차 덕분에 그의 남동생 하나와 여동생 둘도 덩달아 노총각 노처녀의 호칭을 얻었으며, 그의 아버님은 이것이 부끄러워 친척이나 친구들 모임에 아예 불참하기를 예사로 했다고 들었다. 그래서 그가 집안사람들에게 겪은 시달림은 말로 다 못할 지경이었다. 오죽하면 내게 전화를 걸어서 이렇게 말했을까.

"불초소생입니다. 정말 삭발염의(削髮染衣)라도 해야지 집에만 내려가면 일어탁수(一魚濁水)로 몰려 사면초가(四面楚歌)니……."

이 남자의 말하는 모양으로 보아 익히 짐작하고도 남음이 있는 노릇이지만 실제로 불초소생 씨는 말하는 법과 하나도 다름없이 지독하게 고리타분한 사람이다. 도대체 이 변화무쌍한 세상에 아직도 그 같은 사람이 존재한다는 사실 자체가 신기할 정도로 그는 고루하고 보수적이다. 불초소생 씨가 어떤 사람인지를 길게 말하자면 한이 없으니 간단히 항목별로 정리해보자면 대충 이렇다. 그리고 지금 하고 있는 이야기가 그이의 결혼에 관한 것이니까 정리의 주제는 불초소생 씨의 여성관쯤으로 하겠다.

첫째, 무릎이 나오는 짧은 치마를 입고 돌아다니는 여자는 십중팔구 정신이 비어 있다.

둘째, 여자가 말이 많거나 웃음이 헤프면 사랑도 헤프다.

셋째, 좀 모자란 여자들이 주로 립스틱을 짙게 바르거나 큰 귀걸이를 애용한다.

넷째, 자신보다 학력이 높거나 좋은 학교를 나온 여자는 남편을 무시할 것이므로 아예 사양한다.

다섯째, 그런 여자를 신붓감으로 택할 리도 없지만, 끼가 많은 여자들, 즉 예능 방면에 재주가 많은 여자들은 더불어 살기에 골치가 아파서 중매가 들어와도 미리 사절한다.

그래도 명색이 작가인 내 앞에서 다섯 번째 항목을 강조하기가 뭐했든지 불초소생 씨는 '문학'은 선비의 학문이니 예외라고 꼭 토를 다는 것도 잊지 않는다. 그러면서 특히 꼴불견인 것은 헛된 스타의 꿈에 부풀어 여의도를 맴도는 어설픈 가수 지망생, 탤런트 지망생이라고 자상하게도 주석을 단다. 하기야 그의 직장이 바로 여의도, 그것도 한 방송국 바로 옆에 있으니 이해가 가기도 한다.

이런 판국이니 불초소생 씨의 결혼이 늦어진 것은 너무나 당연한 일이었다. 나중에는 집안에서 하도 재촉을 해대니까 아무 여자나 중매만 들어오면 그냥 결혼해 버리겠다고 자포자기의 발언도 서슴지 않았으나 말이 그렇지 그 성격에 가능한 일이겠는가. 주변 사람들이 모두 나서 한두 번씩은 다 신붓감을 보여 봤지만 여전히 자신의 여자 보는 눈을 포기하지 않았었다.

그런 불초소생 씨가 어느 날 결혼을 하기로 했다는 선언을 했을 때 나는, 아니 주위 사람들은 모두 입을 크게 벌렸다. 도대체 그 까다로운 눈에 합격을 한 아가씨가 누구인지 보지 않고서는 믿을 수 없는 노릇이었다. 그런 마음을 짐작한 듯 그는 당장에 신붓감을 선보이겠다고 함께 내 작업실을 찾아왔다. 그런데 이게 웬일인가. 신붓감은 첫눈에도 그가 여자에 관해 내세우고 있는 둘째, 셋째 항목을 어기고 있는 중이었다. 웃음이 헤프다고 할 정도로 방실방실 웃는 표정이 그렇고, 큰 귀걸이를 맵시 있게 달고 있어도 전혀 모자란 여자로 보이지 않은 점이 역시 그러했다.

"사람이 좀 모자라긴 해도 천성이 하도 착해서……."

나중에 그가 전화로 일러준 신붓감에 대한 논평은 이것이 전부였다. 그러면 그렇지, 도대체 인간에 대한 평가를 몇 가지의 고정관념에 맡기는 일이 가당키나 한 일인가. 나는 불초소생 씨가 결혼과 함께 그 완고함까지 버리게 될 것을 은근히 기대하면서 한껏 그의 결혼을 축하했다.

그런데 거기까지가 끝이 아니었다. 엊그제 그 부부의 집들이 행사에 초대받아서 신혼집을 방문했다가 나는 더욱 놀라운 사실을 알게 되었다. 불초소생 씨의 신부는 결정적인 항목에서조차 그의 금지사항을 어긴 과거가 있었던 사람이었다. 다른 것은 몰라도 절대 양보할 수 없다던 그 다섯 번째 항목, 끼가 많은 여자들 속에 그 아리따운 신붓감이 관계하고 있었던 것이었다. 그것도 보통 '예능'이 아니라 그가 가장 혐오했던 '연예' 부문에.

부부가 입을 모아 설명해주는 바에 의하면, 신부는 모 방송국에서 주최하는 대학생들 대상의 가요제에서 입상한 경력을 발판으로 시중에 어엿이 음반도 나와 있다는 것이었다. 초대받은 우리들은 우선 그 당시의 노래부터 음반으로 들어보았다. 학창 시절에는 캠퍼스 가수로 명성이 자자했다는 말처럼 신부의 노래 솜씨는 과연 대단했다. 정말이지 묵혀 두기 아까운 실력이었고 그래서 한때는 가수가 될 꿈을 본격적으로 펼쳐보다가 말았다는 것이었다.

하기야 지금 신부의 노래 솜씨가 문제가 아니었다. 불초소생 씨의 완고함을 잘 아는 나로서는 그가 아주 자랑스러운 얼굴로 신부의 가수 경력을 설명하는 모습이 도무지 믿어지지 않아 머리가 어지러울 지경이었다. 그래서 참지 못하고 한마디 묻지 않을 수 없었다. 신부가 끼 있는 여자라는 사실을 결혼 전에 미리 알았느냐고. 그랬더니 그의 대답은 한술 더 뜨고 있었다.

"이 친구가 결혼 날짜 잡고 나니 실토하겠지요. 그런데 들어보셨으니 아시겠지만 보통 실력이 아니잖아요. 지금도 독집 음반 한 장 내는 것이 꿈이라니, 기왕 이렇게 된 것, 아예 외조를 해볼까 고려하는 중입니다."

세상에나, 이렇게 모든 금기사항을 깨는 천생연분의 사랑도 있는 것을. 불초소생 씨를 통해 나는 사랑이 부리는 놀라운 조화를 그렇게 확인했었다. 참말이지 사랑의 마술은 어느 것도 당할 도리가 없는 것이었다.

세상이 만들어 놓은 질서나 제도 속에 얽매이지 않고 사는 사람들을 만나면 나는 몹시 즐겁다. 우선은 그들이 주는 신선함이 즐겁고, 두 번째는 내 인물소설의 목록을 하나 더 늘릴 수 있으니 다시 즐겁다.

알고 보면 그렇게 사는 일은 생각만큼 어렵지는 않다. 하지만 그렇게 살아가는 인물을 만나는 일은 결코 쉽지 않다. 이 지독한 인생살이는 알게 모르게 우리를 위축시키고 남들과 다른 방식으로 사는 일은 위험한 시도라고 끊임없이 우리를 세뇌시킨다. 우리는 미리 타협하고 미리 우울해 한다.

여기 덜 위축당하고 덜 세뇌당한 사람들 몇이 있다. 그래서 미리미리 우울해 하는 방법은 배우지 않아도 좋았던 사람들. 아찔한 파격이나 과격한 탈선은 전혀 없이, 그럼에도 자신의 삶을 자신의 방식대로 꾸려나가는 사람들, 나는 그들의 이름을 호명한다. 김 선배, 김밥아주머니, 야채아저씨, 김대호 씨, 박영국 씨, 김 박사……

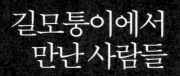

길모퉁이에서
만난 사람들

여행가
김 선배

엊그제 시내에 나갔다가 반갑게도 김 선배를 만났다. 덕분에 집까지 편안하고 즐겁게 돌아올 수 있었고 그간 격조했던 서로의 사는 이야기를 들을 수 있어 아주 좋았었다. 마침 택시를 기다리고 있던 참인데 김 선배가 먼저 나를 알아보고 손님 태운 차를 내 옆에 세웠던 것이었다.

김 선배는 개인택시를 모는 유쾌한 기사 아저씨였다. 아니, 좀 더 확실하게 계보를 따지자면 실제로 내 선배가 되는 이는 그가 아니라 김 선배의 아내 되는 윤 선배였다. 윤 선배야말로 정확히 여고의 2년 선배 되는 사람이고 김 선배는 단지 그녀의 남편일 뿐 학교 쪽으로나 출신 지역으로나 나하곤 전혀 계보를 이을 수 없는 배경이었다.

그럼에도 불구하고 우리는 만날 때마다 진짜 선후배들 이상으로 반갑고 좋았다. 이렇게 말하면 약간 이상해지지만, 윤 선배하곤 전화 통화가 고작이면서도 시내에 나가면 행여 김 선배 택시가 안 보이나 유심히 살피는 까닭도 내가 그를 매우 좋아하는 탓이다.

그러고 보면 김 선배도 나와 다름이 없다. 길거리에서의 우연치 않은 해후는 가끔씩 있어왔는데 대개가 그의 매운 눈썰미 덕분이었다. 그날도 그랬다. 로터리를 돌고 있는데 저만치 내가 보이더라는 것이었다. 미리 타고 있던 손님과는 방향이 조금 어긋났지만 그의 차를 탔으니 걱정할 일은 없었다.

"여행 안 가나? 내 차 대절하면 미터 요금만 받지. 생각 없어? 가을인데."

김 선배는 여전히 유쾌한 얼굴이었다. 도시로의 이동이라면 사절이지만 시골로 이동할 일이 있으면 언제라도 자기 택시를 이용하라는 것이 그의 입버릇이었다. 그는 내가 알고 있기로는 유일하게 요금 흥정 없이 흔쾌하게 장거리를 뛰는 택시기사였다. 뿐만 아니라 그는 마음이 내키면 혼자서 속초로, 내장산으로 슬슬 돌아다니다가 오는 약간 비정상적인 기사이기도 했다.

물론 그 때문에 나의 진짜 여고 선배인 그의 아내는 불만이 많았다. 하기야 맨 처음 남편이 택시기사가 되겠다고 했을 때의 억

장이 무너지는 것 같던 실망감에 비하면 이런 불만은 사실 별것
도 아닐 터였다. 그날도 나는 먼저 윤선배의 마음 건강이 어떠한
지 그것부터 물었다.

"윤 선배는 어때요? 요새도 흰머리 늘어난대요?"

괴팍한 남편 덕에 앞머리가 하얗다는 윤 선배를 떠올리며 나
는 피식 웃었다.

"우리 마누라 머리칼? 칠흑 같은 검정색이야. 염색을 열심히
해대거든."

우리는 또 깔깔깔 웃어댔다.

"졸업장 불쏘시개 하라는 소린 이제 안 해요?"

"불쏘시개를 했는지 휴지로 팔아넘겼는지 그 이야긴 없대."

김 선배는 나를 보며 한쪽 눈을 찡긋했다. 복잡한 서울 시내를
헤쳐 다니면서도 짜증 한 번 내지 않는 사람이라 요 몇 년 사이
조금도 늙지 않은 얼굴이 사뭇 건강했다. 밀리면 밀리는 대로, 손
님이 가자면 가자는 대로 조급하게 굴지 않고 택시를 모는 대신
또한 운전대가 지겨워지면 하루 푹 쉬기도 하고 손님이 없으면
차 세워놓고 커피 한 잔 마시며 음악을 듣는, 천하에 거칠 것 없
는 김 선배였다.

그는 대학에서 심리학을 전공하고도 모자라 대학원까지 마친
석사학위 소지자였다. 명문대 출신인 까닭에 재벌그룹에 입사하

는 것도 어렵잖게 해치웠고 그 뒤 서너 번 직장을 옮기긴 했어도 실업자였던 적은 한 번도 없었다. 다만 조직적이고 권위적인 직장생활이 취미에 안 맞는다는 하소연이 잦았을 뿐, 중학교 교사인 아내와 두 아이를 둔 성실한 가장이었다는 게 주위의 평판이었다.

그런 그가 하루아침에 직장을 그만 두고 퇴직금으로 개인택시를 덜컥 사버렸다. 오너드라이버로서의 오랜 세월 무사고 운전실력만을 믿고 취한 행동이었다고는 하나 내가 보기에 그는 오래 전부터 치밀하게 자신의 인생 계획을 수정하고 있었음이 분명했다. 그 증거로, 그는 개인택시 기사가 된 후 사람이 몰라보게 명랑해졌다. 사람 속에서 부딪치는 것이야 월급쟁이나 택시기사나 매일반이겠지만 그의 말대로 '권위에 짓눌린 신음소리는 더 이상 듣지 않게 되어 속이 시원'할 것임은 말할 나위가 없다.

말하자면 그는 천성적으로 자유인이었다. 먹고 싶을 때 먹고, 일하고 싶을 때 열심히 일하고, 이것 이상 배짱 편한 직업이 없다는 게 명문 대학원 출신의 석사 기사가 주장하는 바였다. 그의 아내는 그런 남편을 이해할 수 없어 날마다 울화통이 터진다고 했다. 우선은 학교의 동료 교사한테도 창피해서 말을 못하겠고 친정 식구나 동창들 모임에 나가도 영 기가 죽는다는 것이었다. 그런데 미안한 말이지만, 나는 자유인 김 선배의 파격적인 직업 전

환 소식에 아주 신선한 충격을 받았다. 솔직히 말하면 그 사건 이후 나는 윤 선배보다 가짜 선배인 그가 더욱 좋았다. 나는 그를 기꺼이 내 정신의 선배로 모실 작정이었으니까.

그날, 내 정신적 선배인 그는 시종일관 명쾌하고 해박한 논조로 이 세상을 해부해 보이며 나를 집에까지 데려다 주었다. 언제나 그랬듯이 나는 미터기에 표시된 대로 요금을 치렀고 그 역시 당당하게 노동의 대가를 받았다. 그리고 그는 차를 돌리며 한마디 덧붙였다.

"우리 마누라 퇴근시켜 주러 슬슬 가볼까. 날 보면 또 펄펄 뛸 걸."

장난기 가득한 그 얼굴이 믿지 않아서 나도 계속 시도해보라고 그를 부추겨 주었다. 선생님 마누라를 모시고 가기 위해 학교 교문 앞에 차를 대놓고 기다린 적이 몇 번 있었는데 그때마다 윤 선배는 펄쩍 뛰며 사나흘씩 말을 않는다고 했다.

아닌 게 아니라 그날 저녁 당장 윤 선배가 격앙된 목소리로 전화를 걸어왔다.

"네가 모시러 가라고 그랬다믄서?"

"그래서, 뭐가 잘못됐어요?"

"너 정말 그러기야? 내 꼴이 뭐가 되니? 안 그래도 속 터져 죽을 판인데."

"택시기사가 어쨌다고 그래요. 언니가 정말 딱하지, 김 선배 본인은 대만족인데."

"쯧쯧. 애들하고 너까지, 어쩜 그리 한통속이니? 우리 큰애는 뭐라는 줄 알아? 아빠는 자유업이 어울린대. 지 아빠라면 그저 좋아서……. 게다가 우리 막내가 학기 초 가정환경조사서에 지 아빠 직업을 뭐라고 쓴 줄 아니? 글쎄, 여행가라고 적어 놓았지 뭐야. 기가 막혀서. 그래놓곤 댑다 뭐가 틀리냐고 우기드라니까."

"여행가? 그거 되게 환상적이다. 자유업도 멋있고. 근데 언니는 그럴 때 뭐라고 적어?"

"뭐라긴. 운수업이지. 왜, 틀리냐?"

그래놓고 그녀는 별수 없이 킥킥 웃어댔다. 그 웃음소리로 미루어 그녀 역시 환상적인 여행가한테 적잖이 세뇌당한 것이 분명했다. 하기야 자유는 전염되는 것이니까.

우리 동네 예술가
두 사람

북한산 자락에 둘러싸여서 사시사철 웅장한 자연의 작품을 감상하며 살 수 있는 우리 동네에 오면 예술인들을 많이 만날 수 있다. 우선은 미술관이 두 개나 있어서 자연 화가들이 자주 모이고 그림을 좋아하는 미술 애호가들의 발길도 잦다.

그런가 하면 소설가나 시인들도 여러 명 이 동네에 주민등록을 얹어놓고 있다. 자리를 잡고 살고 있는 그들이 얼마나 동네 예찬론을 폈는지 앞으로 이 동네로 이사 오겠다고 마음먹고 있는 소설가나 시인도 부지기수이다.

그밖에도 음악이나 방송, 혹은 언론에 종사하는 사람들도 가끔씩 만나게 되는데 나로서는 그들이 근방에 사는 사람들인지, 아니면 방문객들인지는 알 도리가 없다. 다만 다른 곳에 비해서 예술인이라 부를 수 있는 사람들과 자주 부딪치게 되는 것만은 사실이다.

우리 동네의 또 하나의 특색은 규모가 작은 카페들이 아주 많다는 것이다. 그래서 흔히 동네 앞 큰길을 우리는 '카페거리'라고 부른다. 일일이 세어 보지 않아서 장담은 못하지만 적어도 수십 개에 이르는 작고 아담한 카페들이 길 양쪽에 늘어서 있고, 각각 내걸고 있는 상호들은 또 얼마나 예술적인지 카페 간판들을 죽 읽다보면 흡사 한 편의 서정시를 감상하는 기분이 되곤 한다.

그곳을 자주 찾는 글동네 선배 말씀에 의하면 이들 카페의 주고객들은 거의가 '쟁이'라고 했다. 일부러 먼 곳에서 찾아오는 '쟁이'와 근처의 '쟁이'들로 밤마다 북적거리는데 그 외에도 술 좋아하는 대학교수들까지 합세해서 그 많은 카페 주인들을 먹여 살린다는 것이었다.

예술적인 동네 분위기 때문에 카페들이 많이 생겨났는지, 아니면 카페들이 많아서 예술인들이 많이 모이는 것인지, 그 앞뒤 연결사항은 나도 잘 모르는 일이다. 하지만 이곳 카페들이 술 좋아하는 빈약한 주머니 사정의 '쟁이'들을 넉넉하게 포용하고 있는 것을 보면 퇴폐와 환락으로 눈살을 찌푸리게 하는 여느 술집들과는 여러모로 다르다는 것은 분명한 사실이다. 우리 동네에서는 카페조차 예술적인 것이다.

이제까지 나는 우리 동네의 예술적 분위기에 대하여 긴 설명을 했다. 물론 끝없는 자기 극복과 한없는 자기 단련으로 고통의 창조 작업을 하고 있는 예술인들이 많이 모인다는 이야기도 했다.

하지만 내가 하고자 하는 '예술가' 이야기는 지금부터가 시작이다. 나는 내게 감동을 준 두 명의 예술가들에 관해 말하려고 여태까지 긴 서두를 펼치고 있었던 셈이었다. 이 두 명의 예술가들이 만드는 작품은 어떤 것이고, 또 그들은 어떤 생활을 하고 있는지에 대해서는 지금부터의 이야기가 말해줄 것이다. 그 전에 한 가지 미리 말해 두는 바이지만, 이 두 사람의 예술가들을 보고 싶다면 언제라도 우리 동네에 오면 된다. 그들은 이 동네의 한가운데에서 매일같이 성실하고 끈질기게 자신의 진지한 '예술'에 몰두해 있으니까.

우선 그 첫 번째 예술가.

그이는 늘 흰 가운을 입고 있다. 그리고 여자이다. 이렇게 말하면 여류 조각가를 상상할지도 모르겠다. 아니, 그 짐작이 맞을지도 모른다. 그이가 빚어내는 작품도 일종의 조각이라면 조각일 수도 있다.

그이는 매일 아침 9시에 일터로 나와서 다시 저녁 9시가 되면 가운을 벗고 집으로 돌아간다. 일터에서의 그이는 다소 무뚝뚝

하고 뻣뻣하다. 남하고 싱거운 소리를 나누는 일도 거의 없다. 잘 웃지도 않는다. 오히려 늘 화를 내고 있는 것처럼 보이기도 한다.

그런 얼굴로 그이는 늘 일을 하고 있다. 그이가 만드는 작품은 불티나게 팔리고 있으므로 하기야 쉴 틈도 많지 않다. 묵묵히 일만 하고 있는 그이를 우리는 '김밥아줌마'라고 부른다. 따라서 그이가 만드는 작품은 자연히 김밥이라는 이름을 가지고 있다. 하지만 그이의 김밥은 보통의 김밥과는 아주 다르다. 언제 먹어도 그이만이 낼 수 있는 담백하고 구수한 맛이 사람을 끌어당긴다. 그이의 김밥은 절대 맛을 속이지 않는다.

김밥아줌마는 작품을 만들 때 사람들이 보고 있으면 막 화를 낸다. 누군가 쳐다보면 마음이 흔들려서 실패작만 나온다는 것이다. 김밥을 말고 있을 때는 누가 무슨 말을 해도 들은 척을 하지 않는다. 한 번 더 말을 시키면 여지없이 성질을 내며 일손을 놓아 버린다. 그이는 파는 일엔 전혀 관심이 없고 오직 김밥을 만드는 그 행위에만 몰두해 있는 사람처럼 보인다.

언젠가 나도 무심히 김밥 마는 것을 구경하고 있다가 당했다. 쳐다보고 있으니까 김밥 옆구리가 터지는 실수를 다 한다고 신경질을 내는 그이가 무서워서 주문한 김밥을 싸는 동안 멀찌감치 떨어져 있었다. 그러나 집에 돌아와서 먹어본 김밥은 그이에게 당한 것쯤이야 까맣게 잊어버리고도 남을 만큼 그 맛이 환상적이었다. 그 김밥은 돈 몇 푼의 이익을 위해 말아진 그런 김밥이 아니었다. 나는 그래서 그이의 김밥을 서슴지 않고 '작품'이라 부른다.

<u>그 두 번째 예술가.</u>

그는 이제 막 오십 고개를 넘은 남자이다. 하루도 빠짐없이 머리에 얹어놓고 있는 빵떡모자와 아직은 듬직한 몸체, 그리고 늘 웃는 얼굴의 그이는 일 년 열두 달 거의 빠짐없이 하루에 두 차례씩 내가 사는 연립주택의 마당에 나타난다. 자식들의 결혼날이거나 아니면 길이 꽁꽁 얼어붙어 오르막인 이곳까지 트럭이 못 올라오는 한겨울 며칠을 제외하면 오전 10시 무렵과 오후 4시경에는 어김없이 주홍 휘장을 두른 그의 트럭을 볼 수가 있다.

그가 등장하는 모습은 언제나 일정하다. 먼저 귀에 익은 바퀴 구르는 소리와 함께 그가 운전하는 주홍 트럭이 언덕배기를 올라온다. 차를 세운 다음에는 얼른 확성기를 들고 운전석에서 뛰어내린다. 빵떡모자를 쓴 그는 확성기에 대고 자신이 심혈을 기울여 골라온 물건의 이름을 하나하나 부른다. 양파나 버섯 있어요. 싱싱한 오이와 배추도 있어요. 엄청 달고 맛있는 복숭아나 포도 있어요…….

그다음엔 그를 기다리고 있던 이웃들이 하나씩 둘씩 모여드는 것이다. 언덕배기를 내려가서 또 버스를 타고 가야 이웃 동네의 시장이 나오는지라 이웃들은 대부분 그에게서 필요한 먹거리들을 사고 있다. 게다가 뜨내기 행상 트럭도 아니고 고정적으로 드나드는 단골인지라 물건만큼은 믿고 사도 좋았다.

하기야 그에게는 자신의 트럭 위에 있는 온갖 야채와 과일이 국내 최고라는 자신이 차고도 넘친다. 최고의 품질만을 고집하고 있다는 장사에 대한 그의 소신은 실제에 있어서도 과히 틀린 바는 없다. 그는 오이 하나를 사는 손님일지라도 이 오이의 산지는 어디이고 도매가격은 또 얼마나 높은 최상품인가를 일일이 설명하느라고 늘 입이 쉴 새가 없다.

그뿐이 아니다. 지난번에 사간 그 고구마가 과연 꿀맛이었는지, 엊그제 사간 배추로 담근 김치가 연하고 사근사근한 지도 고객들한테 끊임없이 확인한다. 그런 과정에서 행여 고객의 불만이 포착되기라도 하면 그는 아예 장사고 뭐고 없이 그것의 규명에만 매달린다. 그 고구마가 달지 않은 것은 삶는 방법에 문제가 있었는지 아니면 그런 고구마를 도매시장에서 떼 온 자신의 안목이 모자라서였는지를 속 시원하게 판가름하지 않으면 직성이 안 풀리는 사람이 바로 주홍 트럭의 주인인 빵떡모자 아저씨인 것이다.

그는 자신이 파는 물건이 최고라는 소리를 듣기 위해서 트럭 행상을 하는 사람처럼 보인다. 손님이 없을 때는 늘 자신의 물건들을 정리하고 다듬는 일에 몰두해 있는 사람이고 호박 한 개를 집을 때도 두 손으로 조심조심 그것을 받들어 올린다. 그는 자기가 팔고 있는 쑥갓이나 양파에 대해 이야기하기를 좋아한다. 나는 그가 다른 화제를 입 밖에 올리는 것을 본 적이 없다. 그는 언제나 마늘이나 포도, 쪽파나 무에 대해서 이야기한다. 그것들이 왜 좋은 물건인지에 대해서만 이야기한다. 가령 이런 식이다.

"이 마늘 보세요. 어느 한군데도 흠이 없잖아요. 요렇게 불그스름하고 중간짜리가 상품이지요. 그리고 요 반듯반듯하게 패인 줄을 보세요. 이런 것은 짜개면 어김없이 여덟 쪽이지요. 이보다 더 좋은 마늘 파는 사람 있으면 어디 나와 보라고 하세요. 정말이에요. 그런 사람이 나 말고 또 있다면, 만약 그렇다면 나 그날로 이 장사 집어치울 거예요. 아니, 정말 그렇게 한다니까요."

내가 보기에는 만약 그런 사람이 나타나면 장사를 집어치우는 것으로 끝낼 그가 결코 아니다. 아마 그 이상의 불행한 일이 일어날지도 모른다. 세상에서 예술가들만큼 자존심이 센 사람은 없으니까. 그리고 최고의 가치만을 추구하는 주홍 트럭의 그는 분명 예술가임이 틀림없으니까.

긴데요,의
김대호 씨

　　김대호 씨는 느리고 길다. 그를 아는 사람이라면 나의 이 간결한 인물 묘사에 대해 단숨에 동의할 것이다. 나는 그것을 믿는다. 왜냐하면 그처럼 길고 느린 사람은 아직까지 만나 본 적이 없으니까. 김대호 씨는 도대체가 빠릿빠릿한 구석이 전혀 없다. 아무리 급한 일이 생겨도 김대호 씨 특유의 느릿느릿한 걸음에 속력이 붙는 것을 기대할 수 없다. 거기에 대해서 그는 아주 그럴싸한 이유를 가지고 있다.

　　"그래봤자 마찬가지니까요, 저는 다리가 길잖아요. 남들 두 걸음 걸을 때 한 발자국만 옮기면 되는데 뭐 할라고 귀찮게 뛰고 그런데요."

　　그의 말도 틀린 것은 아니다. 그는 자그마치 1미터 86센티미터의 키를 가지고 있으니 보폭도 그만큼 넓은 게 사실이다. 김대호 씨는 하도 길어서 어지간한 사람은 그하고 이야기하다 보면 목 부근에 통증을 느끼기 십상이다. 키가 크다보니 신체의 여러 부분도 남들보다 유별나게 길다. 얼굴도 길고, 코도 길고, 손가락도 길다. 김대호 씨는 팔도 길어서 남들은 옆 책상에서 무엇을 집어 오려면 일어나야 하는데도 그는 앉은 채 팔만 뻗으면 대부분 가능하다. 그뿐만 아니라 김대호 씨는 말도 아주 느릿느릿, 말꼬리를 길게 빼는 버릇을 가지고 있다. 성질 급한 누구는 김대호 씨의 말을 듣다 답답해서 혈압이 올랐다는 소문도 있고, 실제로 어떤 친구는 한숨씩 자고 일어나서 들어도 김대호 씨의 말을 이해하는 데는 아무런 지장이 없더라는 실험보고까지 하고 있는 실정이다.

그는 자신이 길다는 것을 아주 잘 안다. 그래서 하루에도 몇 번씩 "제가 긴데요."라고 말하는지도 모른다. 정말이다, 그는 늘 그렇게 말한다.

전화벨이 울린다. 김대호 씨가 전화를 받는다. 그러면 사무실 내의 모든 눈이 그에게 쏠린다. 전화를 건 사람은 아마도 김대호 씨를 바꿔달라고 하는 모양이다. 그러면 그는 그 특유의 느릿느릿한 말투로 이렇게 말한다.

"제가 긴데요."

그러면 모두들 웃음을 참지 못하고 킥킥거리지 않을 수 없는

것이다. 행여라도 전화를 건 상대방이 못 알아듣고 다시 묻기라
도 하면 이번엔 더욱 느린 박자로 또박또박 대답을 해준다.

"제가 긴, 데, 요."

그래서 김대호 씨를 사람들은 아예 '긴데요'라고 부른다. 그의
별명은 김대호 씨가 속한 사무실만이 아니라 회사 전체에 널리
퍼져 있어서 언제부턴가는 아무도 그의 진짜 이름을 부르지 않
게 되어 버렸다.

물론 그를 별명으로 부르는데 어떤 악의가 있는 것은 결코 아
니었다. 오히려 그렇게 스스럼없이 별명이 통하는 것만 보아도
김대호 씨의 대인관계가 아주 원만한 편이라는 것을 능히 짐작
할 수가 있다. 사실로 그는 키가 큰 만큼 이해의 길이도 길고, 느
리고 낙천적인 만큼 주위 사람들을 편하게 해주는 품성을 지니
고 있었다.

그의 미덕은 품성에만 있는 게 아니었다. 좀 느리기는 하지만
그는 맡은 일만큼은 빈틈없이 해내는 사람이었다. 덤벙거리지 않
으니 실수도 없고, 진득한 성격이라 잔꾀를 부릴 줄도 몰라 일에
하자를 내는 경우가 거의 없었다. 말하자면 사람들은 김대호 씨
를 사랑하고 있는 셈이었다.

그래서 그를 아끼는 몇몇 사람은 요즘 김대호 씨에게 이런 충
고까지 하고 있었다.

"긴데요 씨, 장가를 가고 싶으면 우선 그 느린 말투부터 고쳐요. 아니, 제가 긴데요, 하는 전화 받는 말버릇부터 고치자고. 지난번에도 겨우 아가씨 하나 소개시켜 주었더니 긴데요, 때문에 어긋나고 말았잖아. 뭐라더라, 전화 받는 것만 보아도 얼마나 촌스러운 사람인지 당장 알겠다나? 그 느려터진 말로 제가 긴데요 라니, 그게 뭡니까? 그래가지고 뭐가 되겠습니까?"

요즘 유행하는 누구의 말씨까지 흉내 낸 그 충고는 노총각인 김대호 씨에게 상당한 설득력을 발휘한 모양이었다. 그는 아주 심각한 얼굴로 고개를 끄덕였다. 그리고는 혼자 웅얼웅얼 연습도 여러 번 했다. 천성이 느린 사람이라 그것도 연습이라고 며칠을 웅얼거리더니 마침내 어느 날, 오늘부터는 긴데요가 아니라 김대호로 돌아오겠다고 선언을 하기에 이르렀다.

그리고 그날 그를 찾는 첫 전화가 걸려왔다. 사무실 식구들은 모두 그의 입에서 터져 나올 세련된 말을 기대하며 귀를 모았다.

김대호 씨는 큰기침을 하고 수화기를 들었다. 전화를 건 상대방은 아마 이렇게 물었을 것이었다.

"김대호 씨 좀 부탁합니다."

그러나 그는 많은 연습에도 불구하고 얼결에 이렇게 대답하고 말았다.

"네, 제가, 전데요."

물론 사무실 안은 당장에 웃음바다가 되었고, 그 일로 김대호 씨는 '긴데요'에 이어 '제가 전데요'라는 긴 별명까지 하나 더 가지게 되었다. 그는 그 한 번의 실패를 끝으로 더 이상 '긴데요'를 고치려는 시도를 하지 않았다.

　　"에이, 저는 아무래도 긴데요가 더 어울려요. 사실로도 저는 길잖아요."

　　정말이다. 그는 길다. 그리고 느리기도 하다. 진실을 말하자면 우리 옆에 이렇게 길고도 느린 사람이 존재하는 것도 행복한 일인 것이다. 요즘처럼 정신없이 핑핑 돌아가는 혼 빠진 세상에서는. 그래서 우리의 김대호 씨는 오늘도 걸려오는 전화에 대고 그 느릿느릿한 말투로 여전히 이렇게 말하고 있다.

　　"제가 긴데요……."

맹장,
박영국 씨

　어떤 사람이라 해도 박영국 씨를 처음 만나게 되면 그를 특별한 사람으로 분류하기를 서슴지 않는다. 첫 만남의 시간이 길건 짧건 그것은 문제가 되지 않는다. 단지 인사만 나누는 것으로도 그의 유별남이 드러나니까.

　박영국 씨는 인사를 할 때 오른손부터 올라간다. 상대가 친구거나 후배일 경우에는 그 오른손이 오른쪽 눈썹 부근에 닿는 듯마는 듯하다가 경쾌하고 너그러운 동작으로 이내 원위치를 향한다. 그러나 상대가 윗사람일 때는 오른손이 눈썹 바로 위, 그러니까 모자를 썼다면 모자챙 부근에 일정 시간 머무르고 그에 따라 상체도 대단히 꼿꼿해진다. 그의 거수경례는 절도가 있고 품위가 있다. 경례를 받는 사람조차 얼결에 오른손이 올라갈 정도다.

거수경례의 첫 만남이 지난 다음에는 누구에게나 그의 스포츠형 머리, 짙은 눈썹, 흐트러짐 없는 행동들이 예사롭게 보이지 않는다. 박영국 씨는 바로 그런 사람이다. 첫 만남의 자리가 다소 길어진다면 그가 지닌 해박한 군사지식을 들을 수도 있다. 그는 각 나라의 군사력에 관한 소상한 통계숫자들을 정확히 기억하고 있으며, 대륙간 탄도 미사일이나 크루즈 미사일에 대해서 한 시간이라도 우리에게 설명해 줄 수 있는 사람이다.

박영국 씨와의 만남이 두 번 세 번 거듭되면 놀라움은 점차 커진다. 그는 모든 대화를 군사적(軍事的)으로 변용시키는데, 그것이 얼마나 자연스러운지 상대방은 자신의 언어를 잊어버리기 일쑤이고 무의식적인 동화가 이루어지고 마는 것이다. 예를 들자면 가령 이런 식이다.

"핵심적인 말을 하라고? 좋아. 정말 핵심이 되는 이야기를 해보자. 핵무기, 원자폭탄, 그거야말로 지구 생존의 핵심적인 문제이니까. 핵무기 제조에 사용되는 일반적인 재료가 두 가지 있지. 우라늄 235와 플루토늄 239, 이것들인데 이게 구하기가 무척 어렵다는 이야기야. 천연 우라늄은 불과 0.7%의 우라늄 235를 함유하고 있을 뿐이니까 무기에 사용하려면 90%까지도 농축해야 하는데, 그게 기술과 비용이 엄청나다는 사실이 문제지. 플루토늄 239도 천연으로는 아주 미량만 발견되고……."

이것은 그가 지닌 해박한 군사지식을 드러내는 조그마한 예일 뿐이고, 모든 일상 언어를 군대 언어화 해버리는 예도 하나 들자면 다음과 같은 것이 된다.

"위병소 그 아저씨, 불침번 태도가 영창감이야. 아까도 보니까 민간인들 불러다가 바둑 둔다고 출입자 검문은 안중에도 없어. 아참, 오늘 군수지원태세 확인 감독의 날이지? 보급품들 점검해 봤나?"

이 말을 일상어로 번역(?)하면 이렇다. 수위실의 경비가 외부에서 친구들 불러다가 바둑을 두는데 정신이 팔려 월부장사가 와도 막을 생각을 않는다는 것이다. 또 군수지원태세 운운하는 것은 식품 회사의 자재과에 근무하는 박영국 씨가 매월 한 차례 상부에 보고하는 보관물량의 재고와 구입계획을 일컫는 말이다. 그는 옷도 '피복'이라고 말하고, 출퇴근 때 들고 다니는 가방도 '군장'이라고 표현한다.

박영국 씨가 ROTC 출신이라는 것, 장교로 군복무에 임하는 동안 상급부대에까지 소문이 자자할 만큼 모범적인 군인이었다는 것, 이런 것을 알게 되면 그를 이해하는데 도움이 될 수도 있으리라. 필요하다면 박영국 씨의 부친 또한 육사를 졸업하고 평생을 군인으로 살다가 대령으로 예편한 직후 지병으로 세상을 떠났다는 사실도 첨가해볼 만하다.

박영국 씨는 스스로를 이 시대의 첨병(尖兵)이라 자부하는 사람이었다. 그는 퇴폐와 환락으로 멸망의 길을 걷는 이 시대를 살아내는 방법은 추호의 흐트러짐도 용납하지 않는 군인정신뿐이라고 말한다. 군사 전반에 걸친 지식을 끊임없이 추구하고 있는 까닭도 그는 명쾌하게 설명한다.

"케네디가 그랬죠. 인류가 전쟁에 종지부를 찍지 않으면 전쟁이 인류에 종지부를 찍고 말 것이라고. 핵무기가 인류 전체의 종말을 좌지우지하는 이 핵시대에 각국의 군비통제와 군축에 무관심할 수 있는 겁니까? 정신들 차려야 해요. 운명의 그날이 오는데 흐느적거리고 있다간 앉은 채로 당해요."

그의 이런 철저함은 비단 직장에서나 대인관계에서만 드러나는 것이 아니었다. 은밀하게 떠도는 소문에 의하면 그의 집안 풍경도 대단히 별나다는 것이었다.

그의 집에서는 매일 아침 여섯 시면 트럼펫으로 연주하는 기상 나팔소리가 들려온다고 했다. 그러면 그의 아내와 어린 두 자식들이 벌떡 잠자리에서 일어나는데 그 일사불란함은 군대 내무반 풍경이 저리 가라일 정도라고 했다. 그다음은 가장인 박영국 씨의 점호, 애국가 제창, 묵념, 체조, 구보, 식사의 순으로 진행되며, 만약 이에 불응할 시에는 일렬횡대로 세워놓고 혹심한 단체기합을 가한다는 것이 소문의 내용이었다.

그러나 소문보다 더 기막힌 것은 이에 대한 박영국 씨의 말씀 한마디였다. 누군가 그에게 소문의 진위를 물었더니 그는 우선 호탕하게 웃었다고 했다. 그리고 그 굵은 음성으로 이렇게 말하더라는 것이었다.

　　"맹장(猛將) 아래 약졸(弱卒)은 없는 법일세. 우리 집은 천하무적이야."

전파상의
김 박사

　우리 동네 전파상에는 일손 빠르고 자신의 직업에 자부심이 대단한 청년이 한 사람 있다. 나는 자주 그와 만난다. 그럴 수밖에 없는 것이, 전기에 관한 일체의 의문이나 모든 가전제품들의 어떤 고장에 대해서라도 망설이지 말고 전문가를 불러야 한다는 지론이 우리 집만큼 예외 없이 지켜지고 있는 집도 드물기 때문이다. 제법 그럴싸하게 말하긴 했지만 사실을 토로하자면 우리 집의 어느 누구도 감히 형광등 하나 갈아 끼우려 덤비는 사람이 없다는 이야기에 다름 아니다.

　나는 그를 김 박사라고 부른다. 공고를 졸업하고부터 줄곧 이 일에 매달려 지금에 이르렀으니 가히 박사의 수준에 도달할 만한 솜씨를 지니고 있는 것도 자타가 공인하는 바이다. 김 박사는 어떤 공사라도 사람들의 시선이 자신의 작업 내용을 지켜보는 것을 강력히 거부한다. 이유야 간단하다. 일테면 전기 배선 같은 사소한 일이라 하더라도 김 박사는 자신이 직접 창안한 독특한 방법을 사용해서 완벽하게 공사를 마무리한다. 그는 자신의 비법을 호락호락 공개하고 싶지 않다는 것이다. 특허 받아 마땅할 만한 공법 개발에 들인 그간의 피나는 노력을 생각하면 당연하다는 것이 김 박사의 견해이다.

단지 그런 까닭으로만 내가 그를 김 박사라고 부르는 것은 아니다. 그가 김 박사인 데는 또 다른 이유도 톡톡히 한몫을 한다. 그것은 바로 그가 이 동네에서 태어나고 이 동네에서만 자란, 온전한 토박이라는 데서부터 설명을 시작해야 한다. 그는 군대 생활 3년을 제외하고는 한 번도 이 동네를 떠난 적이 없다. 게다가 전기수선공이 되어서는 또 날이면 날마다 출장수리를 다녔기 때문에 우리 동네의 전봇대 하나하나를, 골목의 담벼락 하나하나까지라도 기가 막히게 꿰차고 있는 사람이다. 그러니까 말하자면 그는 동네 박사인 것이다.

김 박사가 동네 박사인 점은 그의 기억창고 속에 저장된 이 동네 인사들의 명단에서도 여지없이 증명이 된다. 그는 근동에 사는 이름깨나 날리는 사람들에 대해서 시시콜콜하게 알고 있다. 화가 누구는 어느 카페의 단골이고, 무용가 누구는 엊그제 자주

색으로 차를 바꿨으며, 어느 회사 사장은 99평 빌라를 두 채 사서 위아래로 터놓고 호화롭게 살고 있고, 인기 여자 아나운서 누구는 강아지를 자그마치 다섯 마리나 키우고 있다는 식의 이야기라면 김 박사한테서 하루 종일이라도 들을 수가 있다.

그러고 보면 김 박사의 이 시시콜콜한, 실상 전혀 중요하지도 않고 별 의미도 없는 이런 정보들의 수집은 그의 취미인지도 모른다. 그렇지 않다면 가령 다음과 같은 놀라운 기억력은 어떻게 가능한지 나는 설명할 길이 없다.

"그 개들 이름이 아주 웃겨요. 맴맴이, 실실이, 털털이, 낑낑이, 동동이래요. 그 아나운서는 월요일엔 실실이, 화요일엔 맴맴이, 수요일엔 낑낑이, 목요일엔 털털이, 금요일엔 동동이를 데리고 자구요, 토요일과 일요일에는 착한 짓 많이 한 강아지 한 놈씩 골라서 특별히 옆에다 재운대요. 재미있지요?"

김 박사에게는 이 취미를 적극 밀어주는 친구들도 많은 모양이었다.

"영화배우네 집에 조명등 설치해주러 갔다가 그가 권하는 양주를 한 잔 마신 적도 있어요. 내가 이런 말 해주면 내 친구들, 아주 깜박 죽어요."

어쨌거나 우리 동네 김 박사는 자신의 본업이나 취미생활 모두에 열과 성의를 다하고 있는 사람이다. 민첩하고 하자 없는 일

솜씨도 여일하고 동네 구석구석을 누비며 동네 박사로 모자람이 없게 온갖 세부사항을 다 파악하고 있는 그 능력도 여일하다. 바로 어제만 해도 그는 동네 박사로서 아주 중요한 정보를 또 하나 수집한 바가 있다. 운 좋게도 나는 그에게서 이 정보를 전해들은 첫 번째 인물이 되었다. 나는 슈퍼마켓에 다녀오는 길이었고, 김 박사는 출장 공사를 마치고 오토바이로 돌아오는 길에서였다.

"내가 지금 어디에 있다 오는지 모르시죠?"

그는 나를 보자마자 다짜고짜 이렇게 물었다. 물론 내가 그것을 알 리가 없었다. 하지만 그의 사뭇 흥분된 얼굴이나 말씨로 보아 박사로서 적잖이 비중 있는 정보 하나를 습득한 것임은 틀림없는 사실로 여겨졌다. 나의 예상은 빗나가지 않았다.

"탤런트 K양 아시죠? 제가 지금 바로 그 침실에서 오는 중이라구요. 글쎄, K의 침대에 내가 올라갔다니까요."

탤런트 K라면 요즘 한창 인기를 얻고 있는 미모의 아가씨가 분명한데, 아니 그 처녀의 침대에 올라갔다니 이건 또 무슨 해괴한 소리인가.

"여태 K의 침대 위에 있다가 왔다니까요."

김 박사는 사뭇 침을 튀기며 계속해서 침대를 강조하였다. 그러고 보니 그의 얼굴이 벌겋게 상기되어 있는 것도 예사롭게 보이지 않았다. 이것 봐라. 우리의 김 박사가 혹시 사고를 친 것은 아닐까.

"망설일 것 없이 마구 침대로 올라갔어요. 발로 막 이불을 밟았지요, 뭐. 누가 뭐랄 수 있나요? 그래야 전기선을 이을 수 있었으니까요. 그런데 K가 밤마다 어떤 이불을 덮고 자는지 아세요? 연분홍색이에요, 레이스가 엄청 많이 달린 연분홍."

김 박사는 '레이스가 엄청 많이 달린 연분홍'을 두 번쯤 더 되풀이하고는 다시 오토바이에 올라탔다. 그리곤 회심의 미소를 지으며 남긴 마지막 말.

"이 정도면 우리 친구들, 적어도 열 번쯤은 깜박 졸도하겠지요?"

키가 몹시 크다는 이유로(별로 크지도 않으면서), 낮은 구두만 신고 몇십 년을 살았다. 그러다가 어느 날 문득 내가 너무 땅에만 달라붙어 있었다고 생각되어서(마음의 키를 높일 생각은 하지 않고), 평소보다 2센티미터쯤 굽이 높은 구두를 사 신었다.

그리고 나는 다른 세상을 보기 시작했다. 늘 멍해 보이던 김 씨의 얼굴이 약간 높은 각도에서 보면 의외로 예리한 표정을 감추고 있었더라는 것에서부터, 파도처럼 밀려와 나를 압도하던 팔차선 도로의 자동차 물결들도 2센티미터만 위에서 보면 조잡한 장난감 대열처럼 왜소하게 파악되더라는 것까지, 달라 보이는 풍경이 한두 가지가 아니다. 아주 조금 하늘 가까이 갔을 뿐인데, 너무 조금 눈의 키를 높였을 뿐인데, 시도한 것에 비해 주어진 인식의 변화는 한동안 나를 휘청거리게 할 것 같다.

눈의 높이야 당장이라도 굽갈이를 하면 높일 수 있다고 하지만 정신의 높이를 2센티미터, 아니 1센티미터 높이는 일은 결코 쉬운 게 아니다. 그만큼의 진보를 위해서 우리가 바쳐야 할 눈물과 상처는 얼마여야 할까.

2센티미터의 진보.

내가 만난 남자와 여자들에 관해 보고하면서, 나는 다만 내 구두의 굽이 2센티미터 높아졌다는 말만 하고 그만둘 참이다……

2센티미터의
진보

즐거운 남의 집
1

그 집에 가면 나는 늘 즐겁다. 그 집에 가면 밥을 먹는 일상의 한 행위조차도 전혀 다른 즐거움을 준다. 우리들이 지니고 있는 수많은 무언의 합의들, 굳이 따지지도 않고 별다른 의문도 없이 받아들였던 삶의 규칙 같은 것들이 허물어지는 데서 오는 감흥일까, 하여간 그곳은 언제나 나에게 '즐거운 남의 집'으로 인식되어 있다.

나를 그 집에 연결시켜 주고 있는 끈은 그들 부부 중의 아내 되는 사람과 내가 대학의 선후배 사이라는 사실에 있다. 매사에 시원시원하고 경우가 밝은 이 후배는 한때 문학에 압도당해서 행여 작가가 되어 볼 생각도 없지 않았으나, 그 골치 아픈 작업은 선배인 나한테 깡그리 떠넘겨 놓고 지금은 소품 가구들을 주로 판매

하는 어엿한 사업가로 변신해 있다.

하기야 이들 부부의 첫 시작도 남편이 가구점 운영을 도맡아하고 아내는 집안 살림을 하는, 지극히 평범한 형식을 갖춘 것이었다. 그러다가 차츰 아내가 운영의 여러 부분에 참여하게 되었다. 그리고 얼마 지나지 않아 그들 부부는 서로가 더 잘할 수 있는 일이 무엇인지를 알게 되었다. 그것을 확인한 바에야 망설일 이유가 전혀 없었다. 그래서 그들은 각자가 더 잘할 수 있는 일을 하기로 결정을 내렸다. 아내는 사업으로, 남편은 가정으로 아예 자리를 바꾸어 앉은 것이다.

이 결정은 대단히 옳았다. 왜냐하면 그때부터 비로소 이 집이 즐거워졌으니까. 정녕 그럴 만도 했다. 그동안은 스스로의 표현대로 '장사 체질'이 아닌 남편이 짜증스럽게 가게 일을 보았고, '살림 체질'이 결코 아닌 아내가 집안을 온통 뒤숭숭하게 이끄는 통에 여러 가지 불협화음이 비어져 나왔던 것이다.

그러나 지금은 아니다. 배짱 좋고 사귐성 좋은 아내의 수완으로 가구점은 나날이 번창하고 있으며 예쁜 것, 깨끗한 것, 맛있는 것, 안락한 것을 특별히 사랑하는 남편이 꾸미는 집안은 언제나 향기롭고 아늑하다.

이제는 불협화음 따위는 없는 것이다. 이 오묘한 조화를 이끌어가는 내 후배의 남편이 어떤 사람인가를 말하기는 참 쉽지 않은 일이다. 말이란 조금만 빗나가도 사실을 왜곡시키기 십상인 것이라서 그는 이러저러한 사람이다, 라고 간단히 말했다가는 그를 아주 좁쌀 같은 남자로 만들 우려가 다분하다.

하지만 이렇게 말할 수는 있을 것이다. 그는 세상을 편견 없이 살아가는 보기 드문 사람 중의 하나라고. 바깥일만이 '사회적'인 일이고, 그것을 성취하는 사람은 마땅히 남자여야 하며, 여자는 단지 남자를 보조할 뿐이라는 일반의 고정관념을 무시할 줄 아는 용기 있는 사람이라고.

때문에 그들 부부의 아침 풍경 또한 우리들의 상식을 뒤엎는다. 아들의 도시락 반찬을 만드는 것도 남편이고, 일분이라도 더 자보려고 버티는 아내를 깨우느라 진땀을 흘리는 사람도 남편이다. 식탁에서의 대화도 남다르다.

"요새는 왜 시금치국을 안 끓여요? 난 무국보다 그게 더 맛있던데."

이것은 아내의 말이다. 그러면 남편은 이렇게 대답한다.

"맞아. 이번 주 식단 짜면서 시금치국 생각을 깜박 잊었네. 어쩐지 아침 국거리 메뉴가 시원찮더라. 그래도 할 수 없어. 오늘이 금요일이니까 식단대로 먹어야지. 안 그러면 섭취해야 할 칼로리 계산을 다시 해야 하거든."

그는 또 아들한테도 한 말씀을 점잖게 하신다.

"너, 내복 갈아입고 학교에 가거라. 오늘은 세탁기에 흰 빨래 돌리는 날이니까 한꺼번에 빨아야지."

남편의 말에 누구도 이의는 없다. 그의 말대로 따르기만 하면 집안이 언제나 질서정연하게 돌아간다는 사실을 경험으로 익히 알고 있기 때문에.

그런 것만이 아니다. 그는 워낙이 예쁘고 아기자기한 것을 좋아하기 때문에 계절마다 자신의 집을 분위기 있고 감각적으로 꾸며 놓는다. 예쁜 것에 대한 센스도 남달라서 식구들의 옷도 그가 모두 남대문 시장에서 사들여온다. 아내는 아침마다 남편이 색깔 맞춰서 골라준 옷을 입고 출근을 한다. 내막을 모르는 사람들은 그 후배의 패션 감각이 남다르다고 칭찬들을 한다.

당연히 그 남편은 스스로를 가꾸는 데도 게으르지 않다. 만약 이사를 하게 되는 일이 생겼다면 그 전날 미리 남대문 시장에 가서 이삿날 입을 수 있는 패션으로 옷 한 벌을 미리 사다 놓는 사람이 바로 내 후배의 남편이다.

그는 자기 집을 방문하는 사람이 선물로 꽃을 사오면 가장 기뻐한다. 그래서 나는 그들이 부르기만 하면 안개꽃 한 다발 사들고 뛰어가 너무나 맛있는 밥 한 끼를 대접받고 돌아온다. 물론 그 집의 안주인인 남편이 만들어 주는 시원한 동태찌개에 구수한 숭늉까지 곁들인 밥 한 끼를 먹는 것이다. 식사를 마친 뒤에 우리가 거실에서 밀린 이야기를 나누고 있노라면 그는 아주 부드러운 목소리로 이렇게 묻는다.

"양 선배, 녹차를 드릴까요, 커피를 드릴까요?"

그러면 나는, 역시 편견에서 자유롭지 못한 나는, 괜히 민망하고 불편해서 얼른 내 후배를 쿡쿡 찌른다. 그러면 후배는 아주 태연하게 말한다.

"여보, 나는 녹차, 우리 선배님은 커피로 주세요. 그리고 당신도 차 한 잔 하세요."

잠시 후, 주방에서 콧노래를 부르며 차를 준비하던 남자가 거실의 여자들을 향해 던지는 말.

"수고가 많으신 우리 여성 여러분들, 사과도 곁들이면 어떨까요? 스트레스를 풀어주는 데는 신선한 과일만큼 좋은 게 없답니다."

이야기가 이쯤에 이르면 내가 속으로 부르짖을 수 있는 말은 단 하나뿐이다. 오, 즐거운 이 남의 집!

즐거운 남의 집
2

　　그 집에 가면 부엌에 걸려 있는 두 개의 앞치마를 볼 수 있다. 또 그 집에 가면 두 개의 앞치마 중 하나를 입고 있는 남편의 모습을 종종 볼 수가 있다. 그럴 때, 그러니까 남편이 앞치마를 입고 있을 때 그 아내는 거실의 소파에 앉아서 텔레비전을 보고 있거나 신문을 보거나 한다. 그렇다고 해서 집안 공기가 부자연스럽다거나 아내가 안절부절못하는 것도 아니다. 아내는 아내대로 남편은 남편대로 몹시 흔연스럽다. 오히려 손님 쪽에서 자리가 편치 못하여 이쪽저쪽 눈치 보기에 바쁘기 마련이다.

　　세상이 바뀌면서 남자들이 가사노동을 적극 분담해 간다고는 하나, 남자가 부엌을 드나든다 해서 자랑이 될망정 흉은 되지 않는다고는 해도, 그래도 아직은 남편 전용의 앞치마가 준비되어 있는 집은 흔치가 않다. 더욱이 그 앞치마가 전시용이 아니고 거의 매일 적극적으로 활용되는 집은 신문에 광고를 내서 찾아봐야 할 만큼 보기 어려운 경우이리라.

나는 바로 그 희귀한 경우를, 좀처럼 보기 어렵다는 바로 그 모습을 지금부터 이야기할 참이다. 그런데 문제가 하나 있다. 내 직업을 주변 사람을 모델로 삼아 공개적으로 망신을 시키는 것으로 오해하고 있는 그 집의 안주인께서 현명하게도 미리 내게 엄중한 통고를 해놓았던 것이다. 즉, 자신들의 이야기가 행여 글의 소재로 쓰이더라도 절대 남편의 이미지를 부정적으로 그린다거나, 남편을 희화화해서 우스갯감으로 삼아서는 안 된다는 것이었다. 그랬다간 '남편의 그 좋은 품성'이 훼손될 우려도 있거니와 나아가서는 이 나라 여성들의 권익보호에도 크게 손해를 끼치게 된다는 것이었다. 거창한 이 경고를 좀 축소시켜서 뜯어보면, 남편 손으로 해주는 밥을 먹고 사는 이 오진 재미가 조금이라도 감해질까 두렵다는 이야기에 다름 아닌 셈이다.

그 집의 안주인은 나에게 그런 통고를 막 해도 괜찮은 사람이었다. 우리는 상당히 오랜 세월 별 탈 없는 교우관계를 맺고 있는 사이인데, 언젠가는 그 친구의 이름을 내 소설의 주인공 이름으로 빌려 쓴 적도 있었다. 소설 속의 인물이 이혼녀인 데다 대단히 폐쇄적이어서 두고두고 원망을 사기는 했지만, 어쨌거나 이번에

는 그 친구의 남편까지 내 글 속에 등장시키게 되었으니 친구의
엄중한 통고는 필히 명심할 일이다.

　하기야 나 또한 앞치마 두르고 부엌에서 종종걸음(?)치는 남편
의 모습에 대해 추호도 부정적인 생각을 품고 있지 않으니까 문
제될 것은 없다. 그러기는커녕 그 집에 갈 때마다 은근히, 때로는
노골적으로 두 개의 앞치마를 부러워하곤 했었다. 생각해 보라.
아내의 친구가 왔을 때 서슴없이 주방으로 들어가서 기가 막힌
매운탕을 끓여오는 남편을.

　말이 나왔으니 말이지 그의 매운탕 솜씨는 정말 일품이었다.
원래도 맵고 얼큰한 음식에만 경도되어 있는 내 식성에 그가 선
보이는 매운탕은 가히 환상적이었다. 적당히 익힌 생선의 쫄깃쫄
깃한 맛, 한꺼번에 재료를 몰아넣지 않고 끓는 순서에 따라 정성
껏 솜씨를 부린 탓에 담백하고도 얼큰한 국물 맛 등은 그 집에 가
지 않고는 도저히 맛볼 수 없는 것이었다.

　음식에 관해서라면 매운탕 맛만 그런 것은 아니었다. 그는 아
이들이 좋아하는 탕수육도, 자기 아내가 즐겨 먹는 삼계탕도, 간
식으로 환영받는 감자부침 같은 메뉴도 척척 해내고 그 맛도 완
벽하게 책임지는 사람이었다. 언젠가는 그가 음식점에서 한 번
먹어보기만 하고서 기억을 되살려 만들었다는, 이름도 알 수 없
는 서양요리도 시식했는데 닝닝하고 기름지기만한 서양요리가

그렇게도 맛있을 수 있다는 게 신기하기만 하였다.

그는 요리 만드는 일이 몹시 즐겁다는 사람이었다. 그렇다고 천성적으로 요리에 취미가 있었던 것은 아니었다. 아내 되는 이는 남편의 요리 만들기가 타고난 취미이자 유일한 오락이라고 주장하기도 하지만, 그의 직접적인 고백에 의하면 생활환경에 의해 후천적으로 계발된 기능이라는 것이었다. 그러니까 아내 되는 여자의 음식솜씨가 하도 형편없다 보니 먹고 살기 위해서 갖은 노력 끝에 이만한 솜씨를 갖게 되었다는 주장이었다. 그리고 막상 뛰어들고 보니 음식 만드는 일이란 과정도 흥미롭지만 남의 입을 즐겁게 해준다는 의미에서 보람 또한 만만찮더라고 그는 자신의 취미를 옹호했다.

오랜 세월 동안 그 가정을 지켜본 나로서는 아무래도 남편의 주장에 동조하지 않을 수 없다. 실제로 내 친구가 만드는 음식은 굉장히 허기져 있을 때에 한해서만 먹을 만하였다. 그렇지 않으면 만든 사람에 대한 최소한도의 예의, 즉 '잘 먹었습니다.' 정도의 의례적인 인사조차 나오지 않는 그런 수준이었다.

그래서 나는 그 친구의 요리를 '난폭한 요리'라고 표현하는데, 한술 더 떠 그 남편 되는 이는 '혼합식물(混合食物)'이라고까지 말하기를 서슴지 않는다. 말하자면 먹을 수 있는 재료를 그저 섞어 놓은 물건이라는 탄식이었다. 오죽하면 아이들조차도 도시락 반찬은 왜 어머니가 만들어야 하느냐고 불평을 한다는 것이었다. 아침의 출근시간이 너무 빠듯하다는 아버지의 변명 아닌 변명에도 그 불평은 끊이지 않는다는 것이었다.

이렇게 말하고 나면 행여 그 남편 되는 이의 외모나 성격에 오해를 할 사람도 있을 것 같아 한마디 간단히 덧붙이자면 그는 이런 남성이다. 키는 173센티미터, 몸무게 67킬로그램, 축구나 권투경기가 중계되는 텔레비전 앞에서는 숱하게 고함도 지르고 직업은 건설회사의 자재담당 과장이다. 얼굴 또한 한때는 왕년의 인기배우 남궁원 씨를 빼다 박았다는 소리를 자주 듣는 호남형의 미남이다.

어쨌거나 그 집에 가면 나는 몹시 즐겁다. 남편이 솜씨를 부린 갖가지 반찬으로 점심을 먹는 재미도 희한하고, 남편이 있을 때는 손수 해주는 즉석요리를 맛볼 수 있어 더욱 즐겁다. 그 아내는 요즘에는 남편 솜씨가 아니면 입맛이 안 난다고 은근히 자랑도 한다. 그런데 문제가 아주 없지는 않다. 바로 지난번에 그 문제가 발생하였는데, 남편의 생일이 사건의 발단이었다. 친구는 생일을 보낸 다음 날 내게 전화를 해서 이렇게 하소연하는 것이었다.

"세상에, 기가 막혀서 말이 안 나오더라. 아침에는 미역국만 끓여 간단히 상을 보았는데 간이 안 맞고 마늘이 덜 들어갔다고 주방에 들어가서 몸소 솜씨를 보여 주는 거야. 그것까지는 참겠어.

온종일 요리책 뒤적여가며 저녁 식탁은 좀 거창하게 차렸지. 내 딴에는 정말 노력에 노력을 거듭한 거야. 그런데 저녁에 들어와서도 또 그러지 않겠니. 모조리 새로 간 맞추고 양념 다시 넣고. 자기 생일음식까지 꼭 그래야 하겠어? 성의를 봐서라도 그냥 먹어주면 어디가 덧난다니? 나도 원래 이 지경으로 형편없는 솜씨는 아니었다고. 자기가 요리에 취미가 있길래 좀 물러나 있었더니 솜씨가 퇴화한 거지 뭐."

퇴화라고? 나는 전화를 끊고서도 한동안 혼자 웃었다. 남편은 진보하고 여자는 퇴화했다? 그러다 문득, 남편과 아내의 역할을 바꾸었을 때 각각 어디까지 진보하고 어디까지 퇴화할 수 있을까를 상상해 보니 더욱 웃음이 나왔다. 가령, 이건 순전히 상상이지만, 이마의 땀을 닦아가며 마루에 걸레질을 치고 있는 남편과 코 앞에 신문 좀 집어달라고 명령하는 아내. 빨랫줄에 빨래를 널고 있는 남편과, 간밤의 숙취로 골이 멍하다는 아내의 게으른 낮잠이 담겨있는 오후 풍경. 이밖에도 내 상상 속의 풍경은 한없이 펼쳐졌지만 이 정도로 끝내야겠다. 잘못했다간 친구가 통고한 글쓰기의 주의사항을 위반할 우려가 있으니까.

풍경

    남자들은 모이면 술집으로 몰려가서 자리를 잡는다. 안주가 나오고, 한 잔 술들이 주욱 돌기 시작하면 분위기가 꽉 잡힌다. 두 잔, 혹은 석 잔이 돌면 잡힌 분위기가 무르익어 시끌벅적해지고 괜한 헛소리들이 슬슬 좌중을 넘나들기 시작한다. 그리하여 상 밑에 내려놓은 빈 술병의 숫자가 많아지기 시작하면 상에 코를 박고 홍야홍야 입나팔을 부는 주당도 등장하게 된다. 그때쯤 고요히 시작되는 유행가 한 구절, 흘러나온 애창곡의 첫마디를 신호로 흐드러지는 노래자랑은 말하자면 술자리 파장의 예고편인 셈이다.

    여자들은 모이면 분위기 그럴싸한 카페로 몰려가서 자리를 잡는다. 푹신한 의자, 부티 나는 초호화 실내장식이 손님을 압도하는 고급 카페가 아니면 분위기 잡기도 힘이 드는 것이 여자들 모임이다. 커피를 시키고, 식탁보를 더럽힐까봐 조심하면서 차 한 잔을 마시고 나면 슬슬 남편 자랑, 시어머니 흉, 자식 자랑 등등이 쏟아지기 시작한다. 가족들에 대한 일차적인 보고가 끝나면 이번에는 가족 외적인 것들, 예를 들면 새로 산 옷이나 바뀐 머리 모양, 늘어나는 몸무게 따위가 좌중을 휘어잡는다. 그다음이 아파트 값, 그다음은 경제에 관한 각종 정보의 교환이 이루어진다. 그리고 마지막으로 속절없이 세월만 가는 중년의 허망함에 대한 고백들이 어우러지면 이미 파장인 셈이다.

지금까지의 묘사들은 삼십 대 이상의 남자 혹은 여자들이 만났을 때의 전형적인 풍경들이다. 행여 과장이 있을 수도 있고 악의적인 왜곡도 있을 수 있겠으나 대체적으로는 그 범주 안에서 약간의 변주가 있을 뿐 테두리를 벗어나지는 않는다. 남자들은 술을, 여자들은 차를 마시며 모임을 갖는다는 큰 테두리만 바뀌지 않는다면 풍경 또한 소폭의 변화만 가능해진다.

그러니까 나는 지금 남자는 술을 마시고 여자는 차를 마신다는 보편화된 문화를 상기시키고 있는 것이다. 물론 이것은 어디까지나 보편성을 전제로 하는 말이다. 내가 왜 이토록이나 길게 서두를 늘어놓고 있는지는 이제부터의 이야기로 설명이 될 수 있을 것이다.

먼저 지난주 월요일에 내가 본 술집 풍경부터 말해야 한다. 시간상으로 그것이 먼저인 까닭이다.

그날 나는 대학 후배들과의 만남이 깊어져서 한 호프집에서 밤 시간을 보내고 있었다. 물론 우리 좌석에서 여자는 나 하나뿐이었다. 어떻게 된 게 여자 후배들은 전혀 소식이 끊어지고 정기적으로 연락을 취하는 선배나 후배는 모조리 남성 여러분들뿐이었으니 홍일점이 된 것 또한 내 의도와는 거리가 멀었다.

우리 좌석의 사정이 그러한 것에 비하면 우리 바로 옆자리는 아주 꽃밭이었다. 언뜻 보아도 경력 많은 직장여성들이 분명한 20대 후반 혹은 30 이쪽저쪽의 세련된 여성들이었다. 나는 처음부터 그 좌석에 흥미가 많았다. 이유는 아주 간단했다.

그들은 처음부터 이 술집을 약속장소로 삼았던 모양이었다. 처음엔 두 여자가 들어왔고 이어서 오 분 간격으로 두 여자가 따로따로 좌석에 합류했다. 택시를 탔더니 더 막히더라는 등 오늘은 지각자가 없어서 기록을 세웠다는 등의 대화를 분명히 듣기도 한 나였다.

여자들이 약속장소를 술집으로 한다? 그래서 자연스럽게 맥주를 청해 마시며 담소를 나눈다? 이미 중년 세대를 경유하고 있는 나로서는 이것 참 대단한 흥밋거리가 아닐 수 없었다. 게다가 그녀들은 조금도 쭈뼛거리지 않았고 또한 눈곱만큼도 경박해 보

이지 않았다. 시원하게 맥주를 마시고 입가에 묻은 거품을 닦아
내는 모습은 이미 애주가의 의젓함까지 갖추고 있는 것이었다.

　그녀들은 한 잔 술에 목을 축인 다음부터 더욱 활달해졌는데 일
행 중의 한 사람은 나직한 목소리로 노래를 부르기도 했다. 호프
집이란 곳이 원래 한창 시간에는 어지간히 북적거리기 마련인지
라 목청을 돋운 노래가 아닌 이상 다른 좌석에 방해가 될 턱도 없
었다. 나는 그녀들의 좌석을 넘보다가 후배들에게 퉁을 먹기도 했
지만 어쨌든 참 신선한 느낌이었다. 아마도 나의 술 실력이 형편
없다는 사실로 말미암은 은근한 부러움도 섞여들었을 것이지만.

　이번에는 며칠이 지난 금요일의 어떤 호텔 커피숍으로 장면이
바뀐다. 시간은 역시 술맛이 한창 도도할 밤 시간이었다. 나는 한
잡지사의 기자를 만날 약속이 있었다. 근처의 찾기 쉬운 약속장
소를 물색하다 결국 그곳을 정했는데, 서울 지리에 까막눈인 나
의 모자람을 상대방이 십분 배려한 결과였다. 한심하게도 나는
방향감각이 전혀 계발되지 않은 위인이어서 지금도 영화를 보고
나오면 거꾸로 가기 일쑤요, 근 십 년을 서울 근처에 살았으면서
도 여태 을지로와 퇴계로, 청계천을 가늠할 줄 모르는 무지를 간
직하고 있는 실정이었다.

　하여간 그렇게 해서 그날 그 장소에 있게 되었는데 이번엔 옆
좌석의 남자들이 내 시선을 붙잡고 놓아주질 않았다. 그들 또한

아주 가까운 친구 사이인 것 같았다. 서로 막역한 사이라는 증거는 그들이 서로를 부르는 호칭에서도 확인할 수가 있었다. '돼지'라든가 '털보' 혹은 '똘만이' 따위의 별명이 수시로 튀어나오던 것이었다.

그들 중에서 털보라는 이가 아마도 모임의 총무인 모양이었다. 그가 들고 있는 노트와 연필, 회비를 세고 있는 진지한 모습 등이 그의 직책을 알게 해주었다. 남자들은 거침없이 이야기를 나누다가 때때로 지각하고 있는 '얌생이'라는 친구의 흉을 보며 박장대소를 하기도 했는데 그 쉼 없는 입놀림은 여자들의 수다를 훨씬 웃돌고도 남음이 있을 만큼이었다.

아니, 수다의 겉모습만이 아니라 수다의 내용도 역시 여자들의 것을 모방, 확대한 것이었다. 상사들에 대한 끝없는 불만의 토로, 공부 잘하는 아이들을 소재로 한 노골적인 자랑, 멀리 나가면 아직 싼 땅이 많다는 정보들의 난무, 양도소득세를 내지 않는 비법에 관한 의견 교환들.

대체 저이들의 정체는 무엇인가. 나는 옆 좌석의 한없는 수다에 머리가 지끈거리는 와중에서도 계속 그 생각에 골몰하였다. 벌써 한 시간 이상을 지치지도 않고 커피숍에 앉아 있는 저 남자들은 어떤 관계일까.

그런데 내 궁금증은 의외로 쉽게 풀렸다. 전화가 와 있음을 알리는 종소리가 딸랑딸랑 다가왔을 때였다. 종업원이 들고 있는 메모판에는 '금주클럽'이라고 적혀 있었는데 그때 기다렸다는 듯 총무인 털보가 벌떡 일어나는 것이었다.

"얌생이 전화야. 오늘 또 늦을 모양이지."

그러자 다른 회원이 냉큼 말을 받았다.

"늦어도 좋으니까 오라고 해. 여기 문 닫으려면 아직 멀었잖아."

커피숍이 문 닫을 때까지 여기 이렇게 죽치고 있겠다고? 뭐, 금주클럽이라고? 나는 하도나 이상해서 그들의 면면을 찬찬히 살펴보았다. 하나같이 그럴싸하게 생긴 건강한 삼십 대 초반의 남성들이었다. 결국 나는 그들보다 먼저 그곳을 나왔다. 내가 나올 때도 그들 좌석의 맨송맨송한 입 운동은 여전히 활발하였다.

술집에서 만나는 여자들, 그리고 찻집에서 모임을 갖는 남자들. 지난 주일에 내가 만난 두 가지의 모습은 서두에서 길게 늘어놓은 '보편적'이라는 모임의 양상과는 달라도 너무 달랐다.

그날 집으로 돌아오면서 나는 술집을 지날 때마다 슬그머니 그 안을 들여다보곤 했다. 역시 술집의 주 고객은, 아직은 남성 여러분들임이 그 기웃거림으로 확인되긴 했지만 그래도 나는 여전히 미심쩍었다. 이 미심쩍음은 어쩌면 쉽게 사라지지 않을 것이다. 그런 징후들을, 변화된 풍경들을 이미 곳곳에서 냄새 맡거나 보았으므로. 그래서 나는 지금도 아주 많이 미심쩍다.

어떤
보고서

    지금부터 할 이야기는 도저히, 아무리 생각해도, 평면적으로 진술할 수가 없을 것 같다. 그저 소박하게 어느 날 어디에서 이런 일이 있었다고 말해 버리기에는 너무 황당한 이야기고, 그렇다고 해서 처음부터 비분강개 투로 목청을 높여 상황을 설명하는 것은 내 스타일이 아니므로 이야기의 본질을 벗어날 우려가 있는 것이다.

    그래서 나는 그날의 상황을 아주 객관적으로 묘사할 수 있는 방법으로 건조한 사건 보고서 같은 형식이 무난할 것이라는 결론을 얻었다. 왜냐하면 나는 필요 이상으로 흥분하거나 쓸데없이 과장하고 싶은 생각이 전혀 없기 때문이다. 나는 다만 사실 그대로 있었던 상황을 적고 싶을 뿐이다.

요즘은 시도 때도 없이 차가 막히므로 굳이 출퇴근 무렵이라고 시간을 한정할 필요는 없다. 마찬가지로 장소 역시 도심이나 외곽이나 할 것 없이 꽉꽉 차가 밀려 있는 상태니까 구체적으로 어디라고 지정하지 않아도 좋다. 그냥 어느 날 오후, 혹은 오전의 정체 심한 어느 도로 위에서 벌어진 사건이라고 서두를 열어도 무방하다는 뜻이다.

  이미 밝혔듯이 도로는 오랜 시간 정체를 거듭하고 있어서 운전자들은 누구나 할 것 없이 잔뜩 짜증이 나 있는 판이었다. 아니, 꼭 운전자가 아니더라도 자동차에 타고 있는 모든 사람은 똑같이 막혀 있는 도로 사정에 염증을 느낄 것이다. 특히 급한 일이 있어 택시를 탄 승객의 경우 길이 막히면 일은 일대로 망치고 요금은 요금대로 올라 이중으로 골탕을 먹을 수 있다. 자, 이제 여기쯤에서 본격적인 이야기로 진입해야겠다. 문제를 일으킨 그 사람이 바로 그럴 경우의 택시 승객이었으므로.

  그 사람은 동행이 있었다. 택시기사의 말에 따르면 길이 막히기 전까지는 아주 진지하게 동행과 사업 이야기를 하고 있었다고 한다. 나이는 어림잡아 삼십 대 초반, 차림새는 수수한 회색 양복에 검은 가죽가방을 들었다. 그들은 삼십분쯤 전에 시내에서 그 택시를 탔으며 승차 시에는 빨리 가자는 등의 서두르는 몸짓은 전혀 없었다. 다만, 길이 막히기 시작하면서 가끔씩 창밖을 내다

보며 알아듣기 힘든 불만의 소리들을 내뱉긴 했었다.

택시가 서 있던 곳은 사차선 도로로 평소에도 교통량이 아주 많은 지역이었다. 그들은 이차선에 서 있었고, 택시의 왼쪽에는 남자가 모는 중형 승용차가, 택시의 오른쪽에는 여자가 모는 역시 중형 승용차가 똑같은 신세로 멈춰 있었다.

더욱 상세하게 택시 좌우의 차량을 설명하자면 공교롭게도 그 두 대의 자가용은 차종도 같았고 승차 인원도 운전자 하나뿐인 것으로 아주 흡사했다.

물론 택시와 그 좌우의 자가용 이외에도 그들의 앞과 뒤는 갖가지 차량들이 늘어서 있어서 마치 사차선 도로 전체가 거대한 주차장인 형국이었다. 한 번 더 택시기사의 말을 빌면, 그때까지도 뒷좌석에서 특별한 조짐이 있었던 것은 아니었다고 했다. 그 회색 양복의 남자가 돌연 뒷좌석의 유리창을 내리는 것을 보았을 때도 그 손길이 다소 거칠다고 느꼈을 뿐 그다음의 상황은 전혀 예상하지 못했다는 것이었다.

뒷좌석의 창문을 연 다음, 그 회색 양복의 남자는 무슨 일을 했던가. 그는 열린 창문으로 고개를 내밀었다. 그리고 오른편의 자가용 운전석에 앉아 있는 여자를 향해 손가락질을 하며 고함을 치기 시작했다.

"집에서 밥이나 짓지 네까짓 것들이 다 차를 몰고 나오니까 길이 막히는 거 아냐!"

그러자 아닌 밤중에 홍두깨라고 느닷없이 손가락질을 당한 여자가 가만있을 리가 없다. 오른편의 중형 승용차를 모는 여자도 유리창을 내렸다.

"지금이 밥 지을 시간이냐? 어디다 함부로 반말이야!"

회색 양복의 남자는 먼저 시비를 건 사람이다. 그것도 과격하기 짝이 없게. 그러니 가만있을 턱이 없다. 잘 걸렸다는 듯이 그 우렁찬 목소리로 여자에게 차마 옮길 수 없는 쌍욕을 퍼붓기 시작했다. 그 욕설의 형식 말고 주제만을 옮기자면, 왜 여자들은 집에 조용히 박혀 있지 건방지게 차를 몰고 거리로 자꾸 기어 나오느냐는 것이었다.

상황이 이쯤 되자 여자는 얼굴을 붉히면서 자신이 할 수 있는 최대한도의 반격을 가하기 시작했다. 물론 입으로 하는 반격이었고 그것도 남자가 구사한 언어에 비하면 너무나 점잖은 것이었다.

그런데 거기서 다시 상황이 돌변했다. 이것은 정말 누구라도 예상치 못한 일이었다. 심지어는 언쟁을 벌이고 있던 여자조차도.

거의 눈 깜짝할 사이에 남자는 아예 택시의 뒷문을 열고 내려서 여자에게 덤벼들었던 것이다. 갑자기 뛰어내려 벌컥 여자의 자동차 운전석 문을 열어젖힌 그 회색 양복의 남자는 다짜고짜로 여자를 두들겨 패기 시작했다. 안전벨트를 매고 있어서 위기를 모면할 방법도 강구하지 못한 채 여자는 속수무책으로 그 회색 양복의 남자에게 흠씬 두들겨 맞았다. 더욱 경악할 일은 그 남자가 여자를 두들겨 패던 시간이 적어도 일분 이상은 되었음에도 아무도 미처 날뛰는 사내를 제지하지 않았다는 사실이다.

그리고 서서히 자동차들이 움직이기 시작했다. 남자는 실컷 주먹을 휘두르다가 씩씩거리며 택시로 되돌아왔다. 그리고 그만이었다. 다시 차들은 달리기 시작했고, 사람들은 아무 일도 일어나지 않았다는 표정으로 묵묵히 운전대를 잡고 있을 뿐이었다.

이 사건을 나에게 말해준 사람은 바로 그 회색 양복의 사내를 태운 택시기사였다. 그는 나에게 행여 자가용을 운전하거든 반드시 모든 문을 잠그고 다니라고 당부하였다. 그 기사는 아마도 여자 손님이 타면 그 당부를 해주는 것으로 그날 묵묵히 사건을 보기만 했던 죄책감을 달래고 있는 모양이었다. 자신은 길이 뚫려서 곧장 차를 몰았기 때문에 두들겨 맞은 여자가 그 뒤 어떤 행동을 취했는지는 알 수 없다고 했다. 그러나 아무도 역성을 들어주지 않던 당시의 상황으로 보아서 맞은 그대로 별수 없이 운전을 해서 집으로 돌아갔을 것이 틀림없다고 말했다.

이 이야기는 거의 열흘 이상 나를 괴롭혔다. 자동차 운전은 엄두도 못 내는 인간이면서도 그것과 상관없이 수시로 나는 괴로웠다. 그래서 엄밀히 분석을 해보기도 했었다.

그 회색 양복의 사내는 아마도 이 사회에 엄청난 불만을 품고 있는 사람일 것이다. 아무리 뛰어다녀도 집 한 칸 마련할 수 없는 절망감, 이제는 어느 집이건 거의 자가용이 두 대씩이라는데 그 흔한 소형차 하나 없는 자신의 신세, 하늘과 땅만큼 벌어진 빈부 격차, 힘 있고 돈 있는 사람만 계속 잘살게 되는 이 사회의 불평등, 이런 것들이 한꺼번에 폭발해버린 것일 수 있다. 자본의 논리만 통용되고 도덕의 잣대는 사라져버린 이 아수라장 같은 삶에서는 얼마든지 그런 폭발이 있을 수 있다.

그렇지만 왜, 하필이면 꼭, 그 상대가 여자여야 했을까. 도대체 자신의 불만을 아무 죄 없는 여자에게 터뜨려 버리겠다는 생각은 어떻게 가능했을까. 그것도 단순한 야유가 아니라 폭력까지 행사해도 괜찮다는 생각은 어디에서 나온 것일까.

아니, 거기까지도 좋다. 한 남자가 단지 길이 막힌다는 이유로, 그리고 옆 차의 운전자가 여자였다는 이유만으로 주먹을 휘두르는 것을 그 수많은 목격자 다수가 암묵리에 동의하고 있었던 사실은 어떻게 설명해야 할 것인가. 그들 모두 화풀이 대상으로 여자 하나 패는 것쯤이야 아무 죄도 되지 않는다고 믿었던 게 아닌가 추측하면 등에서 식은땀이 흐를 지경이다. 다른 일에는 그렇게도 의견이 분분하던 사람들이 여자에 관해서는 이렇게도 만장일치의 합의를 보고 있는 것이다.

그날, 그 사건이 있던 자리를 기준으로 이 사회 전체의 남성들을 둘로 구분할 수도 있다. 하나는 회색 양복의 남자처럼 거침없이 여자를 깔아뭉개는 처치곤란형, 그리고 또 하나는 그 광경을 목격하고도 아무런 반응이 없던 다른 차의 수수방관형, 이렇게 나눌 수 있을 것이다. 내가 보기에 이 두 부류는 언제라도 상호 위치를 교환할 수 있는 존재들이다. 수수방관형 중에서 처치곤란형이 나올 수 있고, 처치곤란형은 또 다른 자기를 만나면 얌전히 수수방관형으로 물러설 수 있다. 다시 말하면 이 두 부류 사이에 근본적인 인식의 차이는 없다는 뜻이다.

그냥 넘어가면 반드시 토를 달 사람들이 있어서 덧붙이자면, 물론 근본적으로 여성에 관해 인식을 달리하는 진보적인 남성이 아주 없는 것도 아니다. 그렇다고 입으로는 진보적이면서 행동으로는 전혀 개선의 여지를 안 보이는 가짜 진보주의자와 혼동해서는 안 된다. 이런 사람들은 수수방관형으로 분류시키는 것이 당연하다. 진실로 여성에 대해 평등한 생각과 행동을 보이는 남자들을 찾기란 백사장에서 잃어버린 반지 찾기만큼이나 힘들다. 그런 희귀한 사례까지를 분류 속에 포함시킬 수 없어서 지나가는 것일 뿐 그런 남성이 전혀 없다고 말하는 것은 아니다.

　한 사람의 여성이 일생의 삶을 이어가면서 얼마나 많은 처치곤란형의 남자를 만나 절망하게 되는지, 그리고 그 사이사이 또 얼마나 많은 수수방관형 남성들 사이에서 불이익을 당하고 있는지를 압축해 주는 다른 이야기를 나는 하나 더 가지고 있다.

　그것은 내가 만든 소설 속의 한 여주인공, 남자를 노예처럼 부리고, 받은 만큼 어김없이 남자에게 보복하며 기어이는 한 남자를 납치해서 폭력으로 다스려보다가, 화해의 징후를 읽어내던 중 결국은 또 다른 남자에게 죽고 마는, '강민주'에게서 자기의 모습을 발견하는 여성 독자들을 통해 확인한 것이다. 강민주라는 여자가 택한 길에 찬성하든 찬성하지 않든 간에 대부분의 독자는 강민주의 남성사회를 향한 그 냉혹한 공격을 읽을 때는 모두 전율했다고 한다. 그 전율은 남성들에게 수없이 증오의 화살을 던지고 싶었던 모든 여성들의 암묵적 동의를 대변하는 것이었다.

　『나는 소망한다 내게 금지된 것을』이란 이 긴 제목의 소설이 처음 독자들에게 읽히기 시작했을 때부터 상당한 독자가 읽은 것으로 판단되는 지금에 이르기까지, 그 심정적 동조에서 어긋나는 독자들의 반응을 나는 한 번도 들어본 적이 없다. 한결같이, 연령이나 지식 수준에 관계없이, 모두들, 살아가면서 수도 없이 강민주처럼 살고 싶었던 시간을 가졌다고 그녀들은 토로한다.

강민주처럼 살고 싶다, 강민주처럼 남자들을 향해 무소불위한 능력으로 복수를 감행하고 싶다는 여성들의 심정적 동조와, 대낮에 도로 한복판에서 린치를 당하는 여성을 수수방관하고 마는 남성들의 그 심정적 동조, 이 둘 사이에는 아무런 상관관계도 없는 것일까. 그것들은 정녕 따로따로일까. 이렇게 따로따로인 평행선으로 방치해도 정녕 괜찮은 것일까.

　　영원히 만날 수 없는 아득한 평행선을 함께 만나 같이 가는 합일의 길로 만들기 위해선 어느 쪽이 더 많이 움직여야 하는 것일까. 불행한 여주인공 '강민주'를 생각하면서 나는, 결코 포기할 수 없는 우리의 '처치곤란형' 남성과 '수수방관형' 남성들을 향해 이 질문을 던지지 않을 수 없다.

문구점에 들렀다가 'NOTE'라는 글자에 홀려 또 공책을 한 권 산다. 노트에 초고를 쓰던 글쓰기 버릇을 버린 지 벌써 몇 년, 이제는 그것을 소비할 일도 없으면서 나는 아직도 흰 여백의 단아한 공책을 보면 자꾸만 사고 싶어지는 마음을 가지고 있다.

노트의 푸른 여백에 나를 지나쳐간 시간을 적고 싶다는 생각은 아주 오래전부터 가지고 있었다. 일기, 라고 간단히 말해 버릴 수도 없는 지극히 사적인 시간의 기록, 그날 나를 스쳐간 사람들과 사물들은 무엇인지, 그런 것을 건조하게 노트에 노트해 보고 싶었다.

그러나 글쓰기의 직업을 가지고부터 나는 나를 기록하는 일에 한없이 인색했다. 온종일 무언가를 쓰고 읽다보면 일기나 편지를 쓰기 위해 따로 시간을 내고 싶지 않았다. 그것이 아니더라도 너무 많은 말을 하고 있다는 자괴감, 끊임없이 발언하고, 은근히 주장하고, 드러나지 않게 나를 과시하고, 그리하여 작가라는 직업은 소리 없는 수다, 수다로 이어지는 말 많은 일이라고 나는 나에게 냉소하였다.

그래서 사 모은 노트들은 서랍 안에서 침묵하고 있을 수밖에 없었다. 노트가 많이 쌓여 있으면 내게는 침묵의 부피가 그만큼 두툼하다고 여겨졌다. 내가 행하고 있는 수다가 과하면 과할수록 나는 더 많은 흰 여백의 노트를 원하고 있는 것인지도 몰랐다.

그리움의 재료

그래서 문방구에 가면 아무것도 쓰여 있지 않은 새 공책한테 그토록 홀리는 것인지도 몰랐다.

그렇지만 손가락 사이로 빠져나가는 내 생애의 시간들을 건조하게, 살 빼고 수식 빼고 간결하게 적어보고 싶다는 생각에 나는 종종 시달린다. 그날 내가 언제 어디서 왜 무엇을 했는지, 거기까지만 적는 것이다. 그런데 왜? 왜 그런 욕망을 품는 것일까, 나는.

몇십 년 후, 그때도 여전히 과거지향적인 인간으로 살고 있다면, 대다수 노인의 나날이 그러하니까 나도 틀림없이 그럴 터, 일목요연하게 들여다 볼 수 있는 그리움의 자료로? 그게 아니면 내가 누구인지, 나는 왜 살고 있는지, 속절없이 그저 시간 속을 헤쳐 온 나라는 인간의 존재 증명을 위해서?

어쨌거나 나는 여태도 노트에 나를 노트하지 못하고 있다. 이토록 간절히 노트당하고 싶음에도 불구하고.

아슬아슬했던 시절,
목단꽃 이불 밑에 숨은 사연

아마도, 더듬어 보자면, 푸른 비단에 구름처럼 풍성한 붉은 목단꽃이 수놓아진 이불이었을 것이다. 이불깃은 빳빳하게 풀 먹인 광목이었으며, 바늘이 누비고 간 실뜸의 간격은 자로 잰 듯이 정확했었다. 붉은 목단꽃 이불의 그 홑청은 유난히도 자주, 장대로 곧추 세워놓은 빨랫줄에 널려 깃발처럼 펄럭이곤 했었다. 풀 먹인 그것을 자근자근 밟아대는 심부름도 참 많이 했었다. 잘 개킨 홑청 위에 옥양목 수건을 깔고, 그 위에 서서 나는 책을 읽었다. 책에 빠져 있다가 문득 내려다보면 밟아야 할 풀 먹인 홑청은 저만치 있고, 내 작은 발은 맨 방바닥만 헤매고 있었는데.

그 이불의 홑청이 자주 뜯겨져야 했던 까닭은 다른 데에 있지 않았다. 내 어린 시절 우리 집 안방은 언제나 그 이불을 함께 덮고 자야 할 숙박객들로 붐비고 있었다. 가까운 친척은 물론이거니와 촌수를 헤아리기 어려운 먼 핏줄들까지, 도시로 나오면 얼마가 됐건 모두 우리 집에서 묵었다. 기술 배우기 위해 시골을 떠난 사촌 혹은 육촌들은 그 기술을 다 배워 자립할 때까지 한 식구로 지내곤 했다. 그것도 모자라 단칸방에서 새우잠 자곤 하는 이웃 할머니, 막차 놓친 쌀장수 아줌마, 친척집을 떠도는 교회 집사님, 이런 이웃들이 어머니 손에 이끌려 밤이 되면 이불 밑으로 모여드는 것이었다. 그래놓고 어머니는 방문 앞 불기 닿지 않는 윗목에서 옷 다 입은 채로 팔베개를 하고 옹색하게 주무시곤 했다.

그 이불이 막아주고 덮어준 외로움과 고단함은 대체 얼마만큼이었을까. 그 이불 밑에서 하룻밤 짧은 꿈을 만지다가 다시 한번 세상으로 나갔던 사람들은 다 어디로 갔을까. 어느 날이었던가, 내가 문득 그 목단꽃 이불을 말하니까 늙어 허리 굽은 어머니는 저쪽 어디, 허공을 보았다. 넌 별 쓰잘데기 없는 것도 다 기억한다. 남편 없는 안방이라 다들 와서 편히 자고 간 것이지, 근데, 그런 게 다 생각나냐…….

어머니가 아버지와 혼인한 것은 18세 때, 황해도 연백군에서였다. 원래는 전북 김제 태생이었으나 쌀 도매업으로 한때 갑부 소리까지 들었던 외할아버지는 사업이 망하자 먼 친척이 살고 있는 황해도로 식솔을 데리고 옮겨 앉아버렸다. 그때가 어머니 16세, 당시로는 혼기가 꽉 찬 나이여서 이사 간 지 한 달도 못되어 중매쟁이들이 줄을 서기 시작했다. 위로 있던 세 오빠들이 동경 유학을 다녀와 막 힘을 펴기 시작한 때이고, 망한 살림이라도 그럭저럭 아쉬운 소리는 하지 않고 살던 형편이라 집안에서는 이리저리 따져가며 신랑감을 고를 생각이었다.

하지만 어머니의 혼인은 엉뚱하게 결정 나고 말았다. 그 무렵, 연안 장터에서 외할아버지는 당신 돈을 많이 떼먹고 도망간 고향사람을 만난다. 그러나 허름한 행색으로 삼베장사를 하고 있는 그이를 본 외할아버지는 돈이야 벌면 되는 것이고, 머나먼 타향에서 용케 만난 것만도 기적이 아니냐며 단번에 허물을 덮고 가까이 지내게 된다. 외할아버지 성품이 그렇게 거침이 없고 뒷말이 없는 넉넉한 분이라고 했다.

그런데 어느 날 갑자기 삼베장수가 찾아와 문득 사주보따리를 내놓았다. 외할아버지는 깜짝 놀라며 무슨 짓이냐고 호통을 쳤지만 삼베장수는 어르신이 이미 승낙한 혼인이 아니었냐고 하면서 억지를 쓰기 시작했다. 하긴 그럴 만도 했다. 외할아버지는 며칠 전, 전라도 사람 청년이 있다 해서 삼베장수 중매로 신랑감을 선본 일이 있었는데, 그때 약주 대접을 많이 받고 술김에 혼인을 승낙했다는 것이다. 워낙 술에 취해 있어 기억도 못할 뿐만 아니라, 취중에 던진 반승낙이 무슨 소용 있냐고 해보아도 삼베장수의 억지를 당해낼 수가 없었다. 결국 어머니는 외할아버지의 취중 약속에 떠밀려 궁핍하기 짝이 없는 시댁의 넷째 아들과 혼인을 하게 된다.

시집을 가고 보니, 신랑감은 농사일은 전혀 할 줄 모르는 가냘픈 체구에다가, 취미가 하모니카, 바이올린, 기타 퉁기기라는, 그저 한없이 마음만 착한, 무능하기 그지없는 가장이었다. 어머니가 회상하는 아버지는 말하자면 구름 같은 존재였다. 김을 매러 나가서는 하루 종일 논둑에 앉아 하모니카나 불고, 지는 석양이 아름답다고 노을빛을 안주 삼아 술이나 마시다가 어두워지면 동구 밖 느티나무 아래 서서 하염없이 그 좋은 음성으로 노래만 불렀다는 아버지.

몇 년 후, 농장 마름의 일자리를 얻어 고향으로 돌아와서도 아버지는 흙먼지 속에서 바이올린이나 켰다. 어머니는 그 깽깽이 소리가 듣기 싫어 몇 번이나 내다 버릴 생각을 했다고 했다. 하지만 생전 남 욕할 줄도 모르고, 남 타박할 줄도 모르는, 마치 이 세상 사람이 아닌 듯한 아버지의 유일한 낙을 차마 어찌해버릴 수가 없었다.

아버지 고향인 부안 줄포에서 아들 다섯을 낳고 우리 가족은 도청소재지 전주로 나왔다. 외숙이 아버지의 취직자리를 알선해준 덕이었다. 아버지의 술병은 도시로 옮긴 뒤부터 본격적으로 시작되었다. 도시의 삶이 아버지 식의 세상 사는 방법을 용납하지 않은 탓이었을까. 그때부터 하모니카도, 바이올린도 손에 들지 않고 당신은 허구한 날 술만 마셨다. 맨 정신으로는 세상이 무섭다 했다.

그 시절 이미 우리 집의 가장은 아버지가 아니었다. 야간 중학교에 다니면서 아버지 다니는 회사의 배려로 사환으로 일하기 시작한 큰오빠가 생계를 도맡았다. 이것은 나중의 이야기지만, 대학까지 야간으로 다녔던 큰오빠의 어깨에 매달려 자란 밑의 동생 여섯은 모두 다 주간으로 대학까지 마쳤다.

아버지는 내가 여섯 살 때, 주위 사람 전부 틀림없다고 진단한, 아주 확실한 병명, '술병'으로 돌아가셨다. 현실적으로 아버지의 죽음이 우리 집안에 미친 영향은 아무것도 없었다. 단지 세상으로 내려와 땅 한번 덮어보지 못한 구름 한 조각이 하늘 어디로 흩어진 것, 그것뿐이었다. 어머니는, 아주 많은 시간이 흐른 뒤에 그 죽음에 대해서 이렇게 언급하였다. 니 큰오빠한테 그렇게 모진 고생시킨 것 생각하면 참말 밉지만, 그밖에는 미워할래야 미워할 것도 없는 양반이었다…….

아버지가 남긴 자식은 일곱이었지만 어머니에게 있어 자식은 큰아들 '하나'와 나머지 자식 '여섯'이었다. 어머니는 도저히 다른 자식 여섯을 생각하는 마음과 똑같은 부피로 고생하는 큰아들을 대할 수 없었다.

이제 갓 스물이 지난 어린 나이로 밤잠을 못 이루며 대가족의 생계를 이어나갈 궁리에 살이 마르는 큰아들의 잘생긴 얼굴은 마주보기도 아까울 만큼 가슴에 아린 존재였다고 했다. 큰아들의 짐을 다소나마 덜어주기 위해 어머니는 당신이 할 수 있는 일은 다 했다. 그래서 어지간히 살림이 피기 전까지 어머니는 삯바느질로 밤을 밝히기 예사였고, 많으면 다섯에서 적으면 둘까지, 받아들일 수 있는 하숙생을 두어 양식값을 줄였다.

일곱의 자식에, 하숙생들에, 거기다 늘 끊이지 않던 군식구까지, 어머니가 씻어서 앉혀야 했던 쌀은 한 달에 두 가마니까지 갈 때가 있었어도 어머니는 한 번도 큰오빠 밥을 다른 식구들 밥과 섞어서 지은 적이 없었다. 큰오빠 밥만을 위한 작고 반들반들한 돌솥이 따로 있어서 언제라도 막 지은 고소한 새 밥으로 마련해서 따로 상을 보았다. 솥만 따로 있었던가. 큰오빠 김치, 큰오빠 달걀, 큰오빠 조기, 큰오빠 참기름, 하여간 그 시절 우리 형제에겐 '큰오빠'표가 붙은 것 이상으로 맛있는 음식은 없었다. 여태까지 살아오면서 자식에게 바치는 정성으로 그때의 어머니가 큰오빠한테 보여 주었던 것만큼 지극한 것을 나는 본 적이 없다.

지금도 다른 아들집에 사흘만 있으면 큰아들 곁으로 돌아가지 못해 생병이 나는 어머니나, 지금도 어머니가 해주는 밥보다 맛있는 것이 없다고 말하는 큰오빠나, 모두 아슬아슬했던 한 시대를 헤쳐 온 동지애로 똘똘 뭉친 사람들이었다.

그러했던 까닭에 나는 어린 시절의 어머니를 홀로 기억하기가 어렵다. 어머니와 큰오빠는 내 기억 속의 같은 항목에 저장되어 있어서 따로 불러낼 수가 없다. 아니, 몇 가지 있기는 하다. 은비녀가 반짝이던 쪽진 머리를 하고 밤 예배에 다녀오던 어머니, 하도나 영민한 분이어서 한때 콜롬보 형사라는 별칭으로 불렸던 일, 언제나 새벽이 올 때까지 잠들지 않고 부엌에서 기척을 내던 고단했던 시절의 당신, 그리고 푸른 비단의 붉은 목단꽃 이불도 거기 하나 끼어 있는 것이다.

그 시절에는 한 끼의 따뜻한 밥이나 하룻밤의 따뜻한 잠자리만으로도 얼마든지 이웃의 아픔을 덜어줄 수 있던 때였다. 어머니는 당신이 쥐고 있는 아주 작은 것을 나누어 그 일을 해보였다. 사람들은 말했었다. 어머니 밑에서 밥을 먹으면 저절로 살로 갔다고.

어머니는 당신 입에 들어가는 것보다 남의 입에 들어가는 것이 더 좋아야 한다고 믿는 분이었다. 내 몸 하나가 조금 고단한 것으로 다른 이들의 마음을 좋게 할 수 있다면 얼마든지 그렇게 하는 분이었다. 죽으면 썩어서 흙으로 돌아가 버릴 몸, 살아생전에 부서지도록 일해도 된다는 것이 어머니의 생각이었다. 지금도 아들 딸네 집에 다니며 밑반찬 단속하고, 묵은 살림 정갈하게 윤내고, 손 많이 가는 음식 해 먹이는 일이 가장 큰 즐거움이라고 말하는 어머니다.

그리고 어머니는, 이제는 옷 다 입은 채로 새우잠을 자야 할 아무런 이유가 없는데도 여태까지 맨바닥에서 웅크리고 잠을 청하곤 한다. 푹신한 이부자리를 덮으면 갑갑하다고 했다. 일흔셋 노인의 잔뜩 움츠린 몸은 하염없이 작기만 하고, 그런 어머니의 새우잠을 목격할 때마다 나는 중얼거린다. 언제, 여기, 이 자리에 와 있는 것일까, 그 붉은 목단꽃 이불 밑에서 하룻밤 짧은 꿈을 만지다가 다시 환한 세상으로 나갔던 사람들은 다 어디로 갔을까……

열렬함에
대하여

    일전에 내가 읽은 잡지 기사에 의하면 우리 시대의 한 유명한 가수는 팬들의 극성 때문에 한 달에 한 번 꼴로 전화번호를 바꾸며 산다고 하였다. 또 그 가수는 집 앞에서 진을 치고 있는 소녀 팬들 때문에 한때는 007작전을 구사해 가며 귀가를 해야 했고 작전이 실패한 날은 입고 있는 옷이 성하지 못할 만큼 팬들한테 시달림을 당했다고 술회하고 있다.

    이번에는 내가 좋아하는 한 선배 소설가의 고백 아닌 고백을 들어보자. 문학 동네에서는 그 이름이 떨쳐질 대로 떨쳐진 그 선배님께서는 버스나 지하철 같은 곳에서 자신의 책을 읽고 있는 독자를 만난다면 언제라도, 그가 누구라 할지라도, 맹세코 그이를 업어주겠다는 다짐을 하며 살아왔다고 한다. 그런데 선배의 문단 생활이 거의 이십 년인데 아직 한 번도 누군가를 업어 줄 일은 일어나지 않았다.

그렇다고 해서 작가한테는 팬들에게서 그 흔한 전화 한 통 걸려오지 않는다는 이야기는 아니다. 어찌 되었든 열심히 읽어주는 독자는 있는 법이고 가끔씩 독후감을 피력하는 그들의 전화도 있기 마련이다. 온 힘을 기울여서 쓴 소설을 열심히 읽었다는 독자를 만나면 얼마나 반가운지 선배 말씀대로 업어주고 싶은 기분이 드는 것도 무리는 아니다. 이 혼탁한 세상에서 한 권의 책으로 서로 소통하고 이해하였다는 것은 정말 소중하고 귀한 만남이니까.

나한테도 가끔씩 독자들의 전화가 온다. 이상한 것은 그 반가움에도 불구하고 그런 전화를 받으면 몹시 쑥스럽고 말이 술술 나오지 않는다는 사실이다. 좀 더 좋은 글을 쓰지 못한 데 대한 미안함, 혹은 그런 일에 익숙하지 못한 촌스러움 따위가 범벅이 되어 서먹한 대응을 하게 만드는 지도 모른다. 문학 독자들 또한 작가들 못지않게 쑥스러움을 잘 타는 성품들인지라 전화의 발신자나 수신자 모두 숫기 없는 대화를 이끌어 나가노라 쩔쩔매는 것이다.

그런데 얼마 전에 나는 이 '숫기 없음'의 고정관념을 깨는 한 여성의 전화를 받은 일이 있었다. 삼십대 후반의 주부로서 둘째 아이까지 초등학교에 들어가 시간이 엄청 많은 사람이라고 자신을 소개하는 서두부터가 여느 전화들과 많이 달랐다.

"하여간 양 선생님을 무지무지하게 좋아해요. 전 말예요, 누굴 좋아하면 앞뒤를 안 가리는 성격이걸랑요. 전 원래부터 글 쓰는 사람들이 좋더라고요. 특히 양 선생님이 마구 맘에 들었어요."

내가 마구 맘에 들었다니 그거야 상당히 기분 좋은 일이지만 저쪽에서 처음부터 이렇게 세게 나오니 나는 오히려 상당히 기가 죽는 느낌이었다. 그이는 나야 아랑곳하지 않고 계속해서 거침없이 말을 이어가는데, 그게 주로 자신의 사는 이야기 혹은 주변에서 자신을 어떻게 평가하는지가 대부분이고 정작 나의 어떤 책을 어떻게 읽었다는 이야기는 아무리 기다려도 한마디도 나오지 않는 것이었다. 그렇게 한참을 자기 이야기만 털어놓더니 전화의 마무리도 자기가 알아서 시원스럽게 처리했다.

"아이구, 오늘은 제 소개가 너무 장황했지요? 선생님 시간을 많이 빼앗지나 않았는지 모르겠네요. 제가 그래요. 좋은 사람을 만나면 혼자만 떠들게 된다니까요. 오늘은 이만 끊지만 이 안녕이 결코 길지는 않을 거예요. 자꾸자꾸 전화하고 싶을 텐데 그래도 괜찮겠지요?"

한없이 밝고 그지없이 활달한 이 목소리 앞에서 '아니요'라고 말할 수 있는 사람이 어디 있겠는가. 나는 물론 괜찮다고 대답을 해주고 통화를 끝냈는데 나한테도 이렇게 열렬한 팬이 있다는 사실이 흐뭇하기만 해서 다른 생각은 할 틈이 없었다.

그리고 딱 사흘 만에 다시 그 거침없는 목소리가 나를 찾았다.

"제가 그랬지요? 긴 안녕은 싫다고요. 기억하시겠어요?"

그리고 이내 쏟아져 나오는 말.

"내일이나 모레쯤 선생님 댁으로 오징어 한 축이 배달될 거예요. 글 쓰시는 분한테 뭐가 좋을까 궁리하다가 제가 좋아하는 오징어를 샀거든요. 하여간 제가 좀 극성맞아요. 누굴 좋아하면 가만있기가 힘들거든요. 이야기하고 싶고, 막 뭐든 사주고 싶고 그래요. 맛있게 잡숴 주세요."

궁리 끝에 자기가 좋아하는 오징어를 사 보냈다고? 그이다운 발상이 하도 재미있어서 나는 그저 웃기만 할 뿐인데 이어지는 다음 말이 좀 이상했다.

"그러다 혹시 다음 주 드라마에 오징어가 소재로 쓰이는 거나 아닌지 모르겠네. 다들 그러대요. 깔끔한 친정어머니보다는 주책 잘 떠는 시어머니가 훨씬 맘에 든다구요. 우리 이웃에선 또 뭐라는지 아세요? 제가 꼭 그 시어머니 같대나요. 그러니 제가 양 선생님의 열렬한 팬이 안 되고 배기겠어요?"

시어머니? 친정어머니? 아니, 그것보다 다음 주 드라마라고? 나도 모르는 사이에 내가 텔레비전 드라마를 쓰는 수도 있나? 하지만 고개를 갸웃거릴 틈도 없었다. 이 거침없는 팬은 자기 이야기에 몰두해서 내가 반문할 기회도 주지 않았다.

"저두요, 사실은 학교 다닐 때 글 잘 쓴다는 소리를 많이 들었거든요. 요즘 제 남편이 절 자꾸 유혹하네요. 재주 썩히지 말고 한 번 해보라고요. 전 또 유혹에 잘 넘어가거든요. 그래서 에라, 나도 주부 탈출을 한번 해보자, 못할 것도 없지, 이러고는 방송극 한 편을 써봤어요. 그런데 이게 잘 쓴 건지, 엉터리인지 알 수가 있어야지요. 나는 아주 잘 썼다고 생각되긴 하는데."

그리곤 하, 하, 하, 호탕하게 웃는데 수화기가 쩌렁쩌렁 울릴 지경이었다. 그뿐만이 아니었다. 이번엔 나에게로 오는 상찬의 말이 가득 쏟아지는데, 이런 식이었다.

"물론 양 선생님한테야 댈 수도 없지요. 저야 어디 선생님 그림자라도 밟을 재주가 되나요. 선생님 쓰신 드라마 보면 정말 천재다 싶다니까요. 저요, 누구누구 연속극이 기가 막힌다고들 하지만요, 그 사람들 뭘 몰라서 그렇다구요. 진짜 우리네 이야기를 쓰는 작가로는 양 선생님이 단연 최고라니까요."

"잠깐만요."

이쯤에서 나는 촬촬촬 쏟아지는 그이의 말부터 일단 막고 보았다. 나는 이미 감을 잡고 있었다. 흐드러지는 칭찬이 더 계속되기 전에 서둘러야 했다.

"혹시 소설도 많이 읽으세요?"

"소설도 많이 쓰세요? 저는 양 선생님 작품은 주로 드라마로 보거든요. 요샌 책 많이 보기가 힘들더라구요. 책만 잡으면 자꾸 잠이 쏟아지는 걸요. 참 이상하지요?"

그리곤 또 그 호탕한 웃음이 하, 하, 하.

이젠 확실했다. 이 전화의 수신자는 내가 아닌 다른 사람이라는 것이. 내 이름과 가운데 글자만 다른 인기 있는 극작가가 바로 이 활달하고 거침없는 주부의 '양 선생님'이었던 것이다. 어쩐지 그 '열렬한' 성원이 좀 수상쩍더라니.

어쨌거나 나는 절대 품위와 교양을 잃지 않고(?) 방송극을 쓰는 양모 씨와 소설을 쓰는 양모는 서로 다른 사람임을 차근차근히 알려 주었다. 사실을 안 뒤에도 우리의 통화는 지극히 우호적이었고, 그이 또한 선선히 자신의 착오를 인정하고 하, 하, 하 웃어댔다는 것까지는 여기에 밝힐 수 있다. 그러나 다만 한 가지, 그 오징어에 대해선 더 이상 말하고 싶지 않다!

우리를
견디게 하는 것들

내가 딸에게

숙제가 많아서라거나 혹은 시험이 닥쳐 부득불 미루어 둔 문제집이라도 풀려고 늦게까지 딸아이가 책상 앞에 앉아 있는 날이면 나는 거의 십 분에 한 번씩 아이의 방을 들락거린다. 그리곤 괜히 아이의 어깨를 어루만지면서 이렇게 말한다.

"아휴, 이게 무슨 고생이냐. 세상에, 얼마나 힘이 들까."

물론 혀까지 끌끌 차면서 하는 탄식이다. 십 분에 한 번씩 들락거리면서 내가 하는 일은 이것이 전부다. 오해가 있을까봐 미리 말하지만, 내 딸아이는 지금 고3도 아니고 그렇다고 중3도 아니다. 세상에서 제일 재미있는 일이 공부라면서 한사코 책상 앞에만 앉아 있다는, 떡잎부터 수재의 조짐이 보이는 그런 학구파

딸도 아니다. 그저 수수하고 보통인 이제 초등학교 6학년 학생일
뿐이다. 틈만 나면 제가 좋아하는 유행가를 피아노곡으로 연주
해 보기를 좋아하고 베개 끌어안은 채 누워 소설책 읽기를 즐기
는 그런 아이이다.

바로 그렇기 때문에 나의 다소 과장된 탄식이 연신 이어지는
것이다. 읽다 놓아둔 『테스』의 뒷줄거리가 얼마나 궁금할까를 생
각하면 책상에 고개를 처박고 난해하기 짝이 없는 산수를 풀고
있는 모습이 안쓰럽기 그지없다. 지금 막 손가락에 익기 시작해
서 그럴듯한 연주가 되고 있는 '걸어서 하늘까지'를 쳐보고 싶어
얼마나 손이 갑갑할까를 생각하면 기묘사화를 외우고 병인양요
를 외우느라 오물거리는 입이 딱하기만 한 것이다.

아이는 아이대로 내가 그렇게 들락거리며 한탄을 하고 있으면
자기가 뭐 대단한 일이나 하고 있는 것처럼 아주 어깨에 힘을 넣
는다. 그리곤 제법 의젓하게 괜찮다면서 오히려 나를 달랜다. 내
가 이제 그만 끝내라고 말하면 아이 쪽에서 자진해서 자꾸 시간
을 연장하기도 한다. 여기까지 말하면 내가 노리고 있는 것이 결
국 그런 학습 연장의 효과가 아니었냐고 매도할 사람도 있을지
모른다. 하지만 그것은 억울하다. 그 억울함을 증명하기 위해서
라도 내 어머니에 대해서 말하지 않을 수 없다.

어머니가 나에게

어느 어머니인들 그러지 않을까마는, 벼락치기 시험공부를 한다며 새벽까지 책 펴놓고 앉아 있으면 내 어머니는 그 옆에서 전구 집어넣은 양말짝 들고 바느질을 하거나 멸치포대 쏟아놓고 멸치를 다듬었다. 꼴 난 공부 좀 하다가 머리가 좀 아픈 듯해서 이마라도 자근자근 누르고 있으면 어머니는 한숨을 포옥 쉬며 말했다.

"그랗게 진작에 좀 해놓덜 않고서, 아이구, 시방 그게 뭔 고생이다냐……."

어머니의 그 말씀이 얼마나 가슴 가득 따뜻하게 안기는 것인지 아는 사람은 다 안다. 그 따뜻함이 좋아서 더 오래 책을 붙들고 있던 기억을 가진 사람도 많을 것이다. 그러나 나는 어머니의 그 말씀을 내일모레면 마흔이 되는 지금까지도 심심찮게 듣고 사는 사람이다. 물론 지금이야 벼락공부를 위한 밤샘으로 어머니를 안쓰럽게 하는 것은 아니다. 그리고 이게 어디 하루 이틀에 끝날 일도 아니다. 그렇기 때문에 이제 칠순이 넘어 허리까지 푹 굽어버린 어머니를 더욱 애타게 만든다.

취미로 하는 일이 아닌 바에야 고향에서 어머니가 모처럼 딸네 집에 다니러 오셨어도 급한 원고가 있으면 밤샘을 해서라도 일을 끝내지 않을 수 없다. 꼭 급한 원고만이 아니다. 원래가 부엉

이 체질이라 야심한 시각이 되어야 부엉부엉 글줄이 나오기 시작하니 거의 매일 밤 그런 꼴이다. 하지만 어머니한테는 이런 사정이 통하지 않는다. 그저 매일 밤 잠 한숨 못 자고 피를 말리는 고약한 노동을 하는 것으로만 비친다. 그러니 당신도 덩달아서 잠을 못 자고 내 방 밖에서 끊임없이 기척을 낸다. 마치 에미 여기 있으니 조금도 걱정 말고 일하라는 듯이. 그리곤 한 번씩 방문을 열어보고는 한숨을 쉬며 말씀하신다. 그 옛날 내가 벼락치기 공부를 할 때와 똑같이.

"그랑게 진작에 좀 해놓덜 않고서. 아이구, 시방 그게 뭔 고생이다냐."

그 옛날과 다른 내용도 조금씩 섞이긴 한다.

"김치 담기나 홑청 빨래라면 내가 해주기라도 허지. 시상에 그 일이 뭐가 좋다고 뼛골 빠지는 줄도 모르고 밤마다 생고생을 해쌓는지 모르것다."

참 이상한 일이었다. 이제는 내가 보호해드려야 할 지경으로 늙어버린 어머니의 장탄식을 듣고 나면 나는 불현듯 눈시울이 뜨거워지면서 기운이 나는 것이었다. 그리곤 괜히 머리가 지끈거린다고 말하고 싶거나 어깨가 빠지는 듯이 아프다고 어리광을 부리고 싶은 마음까지 불끈 솟아나는 것이었다. 하지만 나이 사십을 앞두고 철이 없어도 유분수지 노모의 마음을 아프게 할 그런 말을 할 수는 없다. 철이 좀 든 나는 대신 이렇게 말함으로 해서 조그만 효도를 하기는 한다.

"엄마, 인절미 구워 먹을까요? 엄마가 구워주면 더 맛있더라."

그러면 허리 굽은 내 어머니는 당장에 얼굴이 환해지면서 부엌으로 달려가시는 것이었다.

우리가 우리에게

하지만 어머니의 훈김을 맛보는 것은 일 년에 서너 번이 고작이었다. 어머니가 아니면 누가 그런 훈김을 줄 것인가. 나는 주욱 그렇게 생각했다. 이 삭막한 세상이 나로 하여금 그런 마음을 먹게 만들기도 했었다. 눈곱만큼도 손해 보기 싫어하고, 눈곱만큼이라도 남한테 뒤지면 속에서 불이 난다는 그런 사람들이 더 많은 이 세상. 그러나 나는 어머니 말고도 훈김 가득했던 사람 하나를 더 알고 있다. 그리고 지금부터는 그 사람을 말해야 할 차례인 것이다.

처음 그이를 만난 것은 구멍가게의 고객과 주인으로서였다. 우리 동네는 북한산 밑에 있어서 한겨울만 빼면 평일이나 주말이나 가릴 것 없이 늘 등산객들로 붐비는 곳이었다. 그이는 등산로 입구에서 등산객들을 상대로 구멍가게를 하고 있었는데, 말이 구멍가게지 과일에서부터 삶은 달걀, 혹은 간단한 등산장비나 야채에 이르기까지 그 조그만 공간에서 구하지 못할 것은 하나도 없으리란 생각이 들 만큼 여러 가지를 팔고 있었다. 거기다 길가 쪽으로 간이탁자 몇 개를 내놓고서 맥주나 막걸리를 팔기도 했으므로 손님들이 안주를 원하면 급하게 라면도 끓이고, 골뱅이도 무쳐내고 하느라 그이는 정말 온종일 동동거리며 뛰어다녀야 할 지경이었다.

어쩌다 손님이 뜸할 때라도 들여다보면 그이는 좁아터진 부엌에서 빨래를 하고 있거나 아이들의 도시락 반찬을 만드느라 허리를 펴지 못하고 있었다. 무슨 일이 있어 자정이 가까운 시각에 나와 봐도 그때까지 길가 탁자에 앉아 술 마시는 손님들 시중드느라 여전히 종종걸음을 치고 있는 그이였다. 그러면서도 도무지 피곤한 기색이라곤 없이 언제나 환하게 웃고 있는 그이가 나는 정말 신기했다. 그 많은 일을 하면서도 그이는 한 번도 뚱한 얼굴로 있지 않았고 힘들어 죽겠다는 소리 한 번 입 밖에 내지 않았다.

그래서 나는 슬슬 그이를 좋아하기 시작했다. 물론 이러저러해서 당신을 좋아한다는 말을 하지는 않았다. 거의 날마다 과일을 산다는 명분으로 가게에 들러서 그이의 웃는 얼굴 한 번 보는 것이 내 사랑의 전부였다. 무얼 살 일이 없어도 가게 앞을 지나게 되면 그이의 곱슬곱슬한 단발파마 머리가 어디에 있는지 꼭꼭 찾아보고 지나야 안심이 되었다. 별로 대단한 소설도 쓰지 못하는 주제에 노상 피곤에 절어 쩔쩔매는 나 같은 위인한테는 그런 사랑도 하긴 대단할 터였다.

그러던 어느 날, 그이는 그만 내가 어쭙잖은 소설가라는 사실을 알아내고 말았다. 어떤 잡지에 실린 내 글을 보았다는 것이었다. 그리고는 당장에 혀를 끌끌 차는 것이었다.

"세상에, 얼마나 힘이 들꼬. 아이고, 살림하면서 어떻게 그 어려운 일을 해낼꼬. 그렇게 애를 쓰니 살이 안 찌지. 우리네는 편지 한 장도 사흘 걸리는데 그 두꺼운 책을 써내려면 참말 젖 먹던 힘까지 다 내야 할 거구만. 쯧쯧쯧."

여기까지는 그래도 참아가면서 들을 수 있었다. 하지만 이어지는 다음 말에는 정말 내 낯이 확 붉어지지 않을 수 없었다.

"나 같은 사람은 밥이나 축내며 편하게 사는데, 얼마나 고생이 많을꼬."

아줌마가 생각하는 것처럼 죽도록 힘든 일은 아니라고 극구 변명을 해도 소용이 없었다. 그이는 그날부터 완전히 나를 고생만 죽자하니 하는 가엾은 사람으로 취급하기 시작했다. 그래서 내가 귤을 사면 덤으로 서너 개 더 주고도 모자라 옆에 있는 바나나 몇 개를 뚝 떼어주기도 하고, 행여 기운 없는 걸음걸이로 지나가면 불러서 어디 아프냐고 꼭꼭 물어보기를 잊지 않는다.

그런 그이 때문에, 자기보다 남의 고통을 더 크게 생각할 줄 아는 그이 때문에 나는 요즘 괜히 힘이 난다. 그래서 내가 생각해도 열심히 글을 썼다고 생각되는 날은 당당하게 그이한테 가서 과일을 산다. 그이가 혀를 끌끌 차며 바나나를 하나 떼어주면 괜히 눈시울이 뜨거워지기도 한다. 그러나 빈둥거렸다고 생각되거나 형편없는 글을 썼다고 여겨지는 날은 일부러 가게 앞을 피해 저쪽으로 돌아간다. 진심으로 내가 짊어지고 있는 글 고생에 대해 염려를 하는 그이의 얼굴을 볼 낯이 없어서이다.

그러고 보면 나는 그이한테 빚만 지고 있는 셈이다. 나는 여태도 그이야말로 자신의 삶을 성실하게 가꾸는 위대한 사람이라는 사실을 구구절절이 설명해 주지 못하고 있었다. 그래서 나는 오늘도 호시탐탐 그이에게 이 말을 해줄 기회를 노리고 있는 중이다. 어눌한 내 언변으로 잘할 수 있을지는 모르지만 빚은 꼭 갚아야 된다는 것이 내 믿음이니까.

생각해보면 참말이지 연약한 목숨 내밀고 살아가는 우리들의 삶은 바로 이런 것이다. 먼저 헤아려 주고 먼저 아파해 주는 마음으로 서로가 서로에게 환한 햇살이 되는 어떤 것.

'메아리'와의
만남

　이 세상을 살아가다 보면 뜻하지 않은 인연으로 식구가 되는 목숨들이 간혹 생기기 마련이다. 이미 주위 사람들에게나, 혹은 글로써 여러 번 밝힌 바 있듯이 나는 애완동물을 키우는 데 영 소질이 없는 사람이었다. 여기서 굳이 '소질'이라고 말하는 까닭은 다른 게 아니다. 나는 무엇보다도 예견되는 결말을 앞당겨서 고민하고, 회의하고, 그래서 지레 포기하는 성격이었다. 쉽게 말하자면 애틋한 정을 키우다 그것들이 짧은 생을 마칠 때 부닥치게 될 슬픔에 시달리고 싶지 않다는 것이다.

　물론 여러 차례 그 슬픔에 맞닥뜨려서 실컷 겪어내고 얻은 내 나름대로의 결론이었다. 처음엔 나도 멋모르고 강아지를 얻어다 키우는 일을 두어 차례 거듭했었다. 동물병원에 드나들다가 죽은 첫 번째 인연, 느닷없는 가출로 종내 감감 무소식인 두 번째 인연, 개장수가 끌고 가는 것을 보았다는 목격자의 증언을 최후로 사라진 세 번째 인연.

모두 잡종견의 강아지라서 내가 애통해 하는 것이 도리어 이상하다고 웃어대던 이웃들에게 나는 내가 만든 '사랑'의 부피를 이해시킬 수 없어 정말 답답했다. 모든 살아있는 것은 가치와는 상관없이 정을 쌓게 되고 마음을 나누게 되는 법이었다. 나는 내 의사와는 반대로 정을 끊어야 하고 나누던 마음을 돌려받아야 할 때의 괴로움을 정말 견디기 어려웠다.

강아지들과의 인연이 실패로 돌아간 뒤에는 딸아이의 성화로 앵무새 한 쌍을 키웠다. 헤어짐의 상처를 맛보지 않으려고 온 가족이 애를 썼으나 역시 일 년을 넘지 못하고 앵무새의 암컷이 병으로 목숨을 잃고 말았다. 짝을 잃고 울부짖는 수컷의 울음소리를 못 견뎌서 새장째 새 파는 집에 갖다 줘버리곤 마음을 굳혔다. 이젠 섣부른 애정으로 살아있는 목숨을 감당하는 일은 그만두겠다고.

그랬어도 뒤에 두어 번 결심을 깬 일이 있었다. 금붕어가 그랬고 마지막엔 서너 해 깊은 정을 들인, 잊지 못할 뽀삐가 있었다. 뽀삐의 경우에는 순전히 우리의 배반이었다. 공동주택으로의 이사 때문에 덩치 크고 목소리 우렁찬 뽀삐는 끝내 남의 집으로 떠나야 했다. 그 깊고 큰 눈에 이별의 두려움을 가득 담고 우리를 지켜보던, 누렇고 긴 털의 잘생긴 개 뽀삐와는 지독하게 많은 눈물로 정을 뗐다.

올봄에 느닷없이 우리 집의 새 식구가 된 '메아리'는 그러니까 뽀삐가 원인이었다. 미리 말하지만 메아리는 뽀삐 같은 개가 아니다. 그것은 어린애 주먹만 한 크기로 우리 집에 온 병아리였다. 뽀삐와 헤어지고 새 집으로 이사 와서 늘 떠나간 개 생각에 울먹이던 딸애가 하교길에 이백 원 주고 사온 것이었다.

병아리라면 딸애가 초등학교에 갓 입학했던 몇 해 전 봄에도 키워본 적이 있었다. 그때도 교문 앞 병아리 장수에게 이백 원에 두 마리를 사들고 와서 할 수 없이 식구로 삼았었다. 그때의 소동이라니. 밤새 삐악거리고, 중구난방으로 집안을 쏘다니고, 쉴 새 없이 여기저기에 실례를 하고.

물론 또 실패였다. 어차피 그렇게 팔리는 병아리는 길게 견디지 못하는 법이었다. 그때 딸애에게 단단히 일렀었다. 장난감 사듯이 가벼운 마음으로 살아있는 목숨을 사오는 일은 이것으로 끝이라고. 그런데 아이는 또 유혹에 넘어갔다.

"절대로 죽지 않아요. 이것 봐요, 눈이 별 같아. 얼마나 빠르고 영리하다고. 상자 속에 수십 마리가 있었는데 이게 냉큼 내 손바닥에 올라오잖아요. 나를 좋아하나 봐. 옛날에 뽀삐가 요만한 강아지일 때도 그랬잖아요. 뽀삐 닮았어."

　이제는 헤어져 남의 식구가 된 개와 닮았다는 구실로 딸애에게 선택된 병아리는 그날로 '메아리'라는 이름을 얻어 우리 집의 새 식구가 되었다. 다시 그 사랑쌓기가 시작된 셈이었다. 게다가 홀로 뚝 떨어져 나와 얼마나 목숨을 연명할지도 모를 솜털 같은 병아리를 상대로 한 사랑이었다.

　그래서 나는, 이제까지 길게 설명했던 슬픈 추억들로 상심해 있던 나는, 절대 냉정해지고자 애를 쓰고 또 짐짓 그렇게 실행했다. 나뿐만이 아니라 딸애의 아버지도 정을 주지 않으려고 자꾸 모른 척했다. 그도 다가올 이별이 두려웠던 모양이었다. 딸애의 할머니도 한 쌍이라면 서로 털을 부비며 살아나기도 하겠지만 저렇게 한 마리가 뚝 떨어져 나와 목숨 건지기는 어렵다고 혀를 끌끌 차며 미리 실패를 예고하였다.

　희망과 사랑에 아낌이 없는 자는 유일하게도 딸아이뿐이었다. 조그마한 상자를 집으로 삼아 끊임없이 고개를 내밀고 삐악거리는 병아리를 애지중지 거두었다. 밤에는 침대 곁에 상자를 놓아두고 칭얼거리는 병아리를 달래가며 함께 잠을 자고, 도시락 반찬에서 남겨온 달걀 부침개를 병아리에게 먹이며 "병아리가 달걀을 먹네. 이상해." 하면서 고개를 갸웃거렸다.

　신통한 것은 병아리였다. 언뜻 보아도 그 또록또록함이 뭇 병아리들과는 엄청 달랐다. 축 쳐진 털이 아무래도 수상해 내일 아침엔 못 일어나겠지 하고 미리 포기를 했어도 아침이면 발딱 일어나 목청 높이 삐악거렸다. 상자에서 내놓으면 딸애가 움직이는 대로 종종걸음으로 쫓아다니는 품이 여간내기가 아니었다. 먹이를 탐하는 식성도 어찌나 대단한지 모이 내오는 시간이 좀 늦으면 상자를 툭툭 쳐가며 성화를 부렸다.

그렇게 메아리와 사흘을, 나흘을, 일주일을 지냈다. 이제는 습관적으로 부들부들 떨어대던 몸짓도 사라졌고 빈 휴지상자로는 좁아서 운신이 불편할 만큼 행동의 폭이 넓어졌다. 이런 속도로 자라면 우리 가족이 우려했던 슬픈 이별은 아마도 기우일 듯싶었다.

"억시기 똑똑더라. 우째 그리 똑똑한 지 하루가 다르다카이."

할머니의 말씀.

"거참, 날갯죽지가 생겼어. 이것 봐. 겨드랑이에서 날개가 돋잖아."

딸애의 아버지가 내지르는 탄성.

"우리 메아리는 안 죽는다고 그랬잖아요. 오늘은 멸치를 한꺼번에 세 마리나 먹었어요."

딸아이의 의기양양한 표정.

나라고 별 수 있겠는가. 아니, 나는 우리 가족들 중에서 제일 먼저 병아리와의 만남을 인정하고 있었는지도 몰랐다. 부화장에서 쫓겨나 거리로 팔려온 수천수만 마리의 병아리들 중에서 우리 식구가 된 메아리와의 인연을 나는 수긍하지 않을 수 없었다. 그 만남은 내가 거부하고 인정하지 않는다고 해서 사라져버릴 그런 것도 아니었다. 게다가 이 거친 세상에서 한 번 살아보겠다고 종종걸음 치는 저 작은 목숨을 어찌 맞아들이지 않을 수 있겠는가.

그렇게 메아리는 이 봄에 우리 식구가 되었다. 요즘 메아리는 라면상자에 담겨져 베란다에서 이 봄을 누리고 있는 중이다. 지붕은 봄볕을 좀 더 많이 받아들이라고 유리를 얹어 주었다. 메아리는 못 먹는 것이 없다. 배추 잎에서부터 밥풀이나 오징어 껍질까지 두루 한솥밥 식구답게 입맛을 갖추고 있다.

그리고 엊그제 메아리의 집에 새로운 시설이 하나 설치되었다. 새로 마련한 메아리네 가구의 이름은 이른바 '횃대'라는 것이다. 횃대를 만들어주고 살짝 내다보니 메아리는 그 긴 막대기가 신기한 지 고개를 한껏 젖히고 요모조모 뜯어보느라 한참 골똘한 표정이다. 저 골똘한 병아리의 모습을 보고 있는 이 마음은 기쁨인가, 슬픔인가. 나는 또 나대로 이 봄에 골똘히 생각에 잠긴다.

책 사는
사람들

　작가라는 이름으로 살다보면 설령 나하곤 관계가 없더라도 어떤 책이 좋은 반응을 얻고 있다는 소식이 들리면 내 일처럼 반갑다. 오죽했으면 '책의 해'라는 것을 정해놓고 장려사업까지 벌일 생각을 하게 만들었을 요즘 같은 세상에 책을 읽는 사람들이 다 사라진 것은 아니라는 증거이니 반갑지 않을 수 없는 것이다.

　예전과는 달리 현대의 빛나는 과학문명은 고리타분한 독서 말고도 몰두할 수 있는 대상을 얼마든지 많이 만들어내고 있다. 영화며 비디오 또는 컴퓨터게임 등, 독서가 줄 수 있는 은은한 향기에 비하면 현대의 오락들은 너무나 강렬해서 한 권의 책이 그 강력한 경쟁자들을 물리치고 선택되어지는 것은 차라리 경이에 가깝다고나 할까. 그런 까닭에 책을 펴내는 출판사는 늘 전전긍긍이다.

근근이 이어가는 출판시장을 위협하는 변수는 또 얼마나 많은 가. 국내외에 커다란 사건들이 터지기만 하면 당장에 영향을 받는 것이 출판이다. 요즘처럼 개혁의 바람이 연일 신문과 방송을 장식하는 때에도 책을 읽는 사람은 눈에 띄게 줄어든다. 영상문화의 유혹에 덧붙여서 소설보다 더 흥미진진하고 상상을 초월하는 현실의 실제 뉴스들까지 가세하면 그나마 책이 설 자리는 점점 더 좁아지고 마는 것이다.

바로 이러한 시절의 어느 날, 한 텔레비전 방송국에서 교육에 관한 특집을 꾸며 이 사회에 만연되어 있는 돈 봉투 현상을 분석한 모양이었다. 나는 마침 텔레비전을 보지 않아서 그런 특집이 있었는지도 모르고 있었는데, 그럼에도 느닷없이 이 이야기를 꺼내는 것에는 다 그럴만한 까닭이 있어서이다.

그 방송이 나간 다음 날 오전 나는 세 통의 전화를 받았다. 물론 텔레비전과 관계된 전화만을 말하는 것이다. 맨 처음의 전화는 대학 후배였다. 그 후배는 대뜸 "보셨어요?" 하면서 킬킬 웃었다.

"보다니, 뭘?"

"못 봤어요? 선배님 책이 돈 봉투의 소도구로 쓰이는 현장이 텔레비전에 방송이 되었는데 그걸 못 봤단 말예요?"

후배는 내가 직접 보지 못한 것이 무지 애석하다는 투였다.

"돈 봉투만 쑥 내밀면 받는 선생님이나 주는 학부형이나 서로 민망하니까 책을 이용한다는 거예요. 실제로 책을 사서 돈 봉투를 끼우는 모습까지 방영이 됐었는데 글쎄, 자세히 보니 그게 선배님 책이지 뭡니까?"

그러면서 녀석은 연신 킬킬대다가 전화를 끊었다. 그 전화에 곧장 이어서 이번에는 육촌이나 팔촌쯤 되는 언니가 전화를 했다. 전화를 받자마자 언니 역시 실실 웃는 것으로 미루어 이번에도 그 내용임이 분명했다. 아닌 게 아니라 언니도 첫마디가 "봤니?"였다. 아니, 보았는가만 묻는 게 아니라 이번에는 거기서 한술 더 뜨는 것이었다.

"나도 얼마 전에 네 책에다 봉투 넣어서 선생님한테 갔지 뭐니. 하긴 나야 애들 학교에 갈 때마다 네 책을 이용하니까 새삼스러울 것도 없지만 말이야. 이 책을 쓴 작가가 바로 내 친척 동생이라고 자랑도 하고, 또 기왕이면 남의 책 사주느니 한 권이라도 네 책을 팔아주면 너한테도 좋고, 이거야말로 꿩 먹고 알 먹고 아니니?"

도대체 무엇이 꿩 먹고 알 먹고 인지, 그 궤변에 대해 이리저리 머리를 굴리고 있는데 마침내 세 번째 전화가 걸려왔다. 설마 이번에도 어젯밤 방송과 관계된 전화는 아니겠지 싶어서 수화기를 들어보니 여고 동창이었다. 어쩌다 한 번씩 나가는 여고 동창 모임에서나 얼굴을 볼 뿐 평소에는 서로 까맣게 잊고 사는 친구여서 나는 당연히 앞뒤 다 자르고 왜 전화했는지부터 물었는데 친구의 대답은 천연덕스럽기 그지없었다.

"왜 전화했냐고? 친구가 안부전화도 못하니? 남들도 다 안부전화씩은 하고 산다기에 나도 한번 해본 거야."

그러고 보면 이 친구의 평소 입버릇이, 아니 생활신조가 '남들 하는 만큼은 하고 살아야지'라는 것이었다. 카펫을 하나 사도 남들이 다 거실에 깔아 놓으니까 자기도 살 수밖에 없다고 말하는 친구였다. 어느 해 겨울인가는 값비싼 모피코트를 입고 동창모임에 나타나서 하는 이야기가 이런 것이었다.

"우리 남편 회사에서 매년 부부동반 망년회를 하는데 재작년이랑 작년에 나가보니 여자들이 모두 이런 것을 입고 있더라고. 이런 코트 안 입은 사람은 나 하나뿐인 거야. 그래서 이번 망년회에는 남들보다 더 잘 입지는 못해도 남들 하는 만큼은 차려 입어야지 싶어서 연말 보너스를 저당 잡혀 놓고 하나 사 입었지 뭐니. 그랬더니 이런 뭐, 나 약 올리자고 다들 약속이나 했던 것처럼 일제히 모피들을 벗어놓고 나타나는 거야. 글쎄, 모피는 이미 한물 갔대나 어쨌다나, 요새는 아무도 안 입는데. 그런 줄도 모르고 보너스만 날렸잖아. 나 같은 사람이 회사 망년회 말고 어디 파티에 갈 일이 있어야 말이지."

그래놓고도 친구는 여전히 그 생활신조를 버리지 않은 모양이었다. 단지 안부전화일 뿐이라면서 줄줄 늘어놓는 이야기가 심상치 않았다. 심상치 않을 뿐 아니라 가만히 이야기를 들어보니 역시나 돈 봉투에 관한 것이었다. 그래도 처음에는 작은애 담임한테 돈 봉투를 주었는데 무언가 실수를 한 것 같다고 말을 꺼내기에 방송을 보고 깨달은 게 좀 있었던 모양이라고 다소의 희망을 가져보기도 한 나였다. 하지만 내 희망사항은 여지없이 빗나가고 말았다.

"남들 다하는데 가만있으면 내 새끼 기만 죽이게? 남들보다 유별나게 하지만 않으면 되는 거야. 요새는 얼마를 어떻게 하는지 나도 다 알아보고 한 거니까 그것은 걱정 없어."

친구가 걱정인 것은 다른 게 아니라 바로 그 돈 봉투를 갈피에 끼워 함께 건네준 책이었다.

"남들이 그러더라. 틈틈이 읽을 수 있는 수필집 종류로 한 권 사서 봉투를 끼워 넣으면 된다고. 그래서 무심코 책방에 가 주인이 골라주는 대로 한 권 샀는데, 어제 텔레비전을 보면서 곰곰 생각하니 실수한 것 같지 뭐니. 애 아빠도 책 제목이 뭐냐고 묻더니 날보고 바보라며 화를 내는 거야. 그래서 작가인 너한테 한번 물어보려고 전화했어. 정말 잘못 고른 거야?"

친구가 돈 봉투를 끼워 담임선생님에게 전달한 책은 법정스님이 지은 『무소유』라는 수필집이었다. 내용이야 어찌되었든 간에 아무것도 탐하지 말고 살자는 '무소유(無所有)'라는 제목의 책에 돈 봉투를 넣어줬다니 생전 전화도 않던 동창이 급해서 작가 친구한테 사정을 털어놓을 만도 했다.

그러나 나는, 정말 잘못 골랐냐고 연신 물어대는 친구의 다급한 물음에 자꾸 웃을 수밖에 다른 도리가 없었다. 아니, 한마디 하기는 했었다. 기어이 대답을 듣겠다면, 『무소유』라는 책 제목만은 정말이지 절묘한 선택이었다고, 책 제목이 모든 것을 다 말해준다고.

그러나 친구는 아무래도 내 대답이 시원찮은 모양이었다. 샐쭉해서 한 마디 툭 던지고는 전화를 끊어 버렸다.

"돈 봉투 넣어주어도 좋은 책이 있으면 소개나 받을까 했더니 작가가 그것도 모르니?"

세상에, 혹시 돈 봉투 대신에 그 돈으로 몽땅 책을 사서 선생님한테 드리겠다면 또 모르겠다. 그렇다면 머리를 싸매고 앉아 즐겁게 목록을 작성할 수도 있으련만. 돈 봉투와 딱 어울리는 책이 무엇인지도 모르는 작가 주제에, 나는, 한동안 죄 없는 천장만 노려보며 그렇게 구시렁거리고 있었다.

자동차
비평가

　나는 요즘 작가라는 이름 외에 '자동차 비평가'라는 이름을 하나 더 가지고 있다. 정확히 말하면 '자동차 운전에 대한 비평가'일 것이다. 요즘 들어 나를 그렇게 부르는 사람은 오직 한 사람 남편뿐이니까 이것은 절대 공인된 명칭은 아니다.

　자동차 운전에 대해서라면 사실 나처럼 백지상태인 사람도 드물 것이다. 애당초 기계에 관한 호기심이라곤 전혀 없는 사람이 바로 나였으니까. 기계나 첨단장비에 대해 내가 할 수 있는 일은 오로지 경탄밖에는 없었다. 자동차라고 해서 다를 게 없다. 수많은 부속품들이 맞물려서 바퀴가 굴러간다는 상식 외에 차에 대해 내가 아는 것은 거의 아무것도 없다. 나는 그저 좌석에 앉아 스치는 창밖 풍경에 몰두하거나, 택시 같으면 요금이나 정확히 계산하는 것으로 자동차와 나의 관계는 고정되어 있었다.

그러다가 남편이 작은 차를 한 대 사고 말았다. '사고 말았다'라고 자못 비장하게 말하는 까닭은 다른 데 있지 않다. 기계에 관해서 젬병이기로는 우리 부부가 하도 닮은꼴이기 때문이었다. 그러니 남편 또한 자동차에 대해선 나 이상으로 문외한이었고 자연 호기심도 없어서 운전을 하겠다고 마음먹기까지 장장 사십 여년의 시간이 소요된 것이었다. 그래도 그날은 오고 말았다. 우리 삶의 여러 복잡한 문제들이 그를 운전대에 앉게 하고 만 것이다.

그렇다고 내가 단박에 자동차 비평가가 된 것은 아니다. 초보 운전 딱지를 붙이고 다닐 때는 비평은커녕 두 손을 맞잡고 굳어 있노라 말 한마디도 꺼내지 못했다. 운전하는 남편보다 옆 좌석의 내가 더 손에 땀을 쥐고 열심히 앞만 노려보았다. 웬일인지 차창 밖 풍경은 조금도 눈에 들어오지 않았고, 길이 막혀서 기어가는 듯 가야 하는 도로가 나오며 안심이 되어서 오히려 즐거웠다.

그러다 서서히 긴장이 풀렸다. 알고 보니 참으로 자동차는 희한한 기계였다. 어떻게 그런 기계를 만들어 냈는지, 인간의 두뇌에 대해 거듭거듭 경탄하면서 나는 슬슬 자동차 비평가가 되어갔다. 내 비평의 대상은 주로 운전자를 향해 있었다. 저이는 왜 깜박이도 켜지 않고 끼어드는가, 저 차는 어째서 차선에 걸쳐서 달리는가, 뒤차의 저 사람은 왜 자꾸 경적을 울려대는가, 저 버스는 차선도 지키지 않고 어디로 머리를 디밀고 있단 말인가…….

나는 끊임없이 앞과 뒤, 좌와 우의 자동차가 달리는 모양에 대해 논평을 했다. 때로는 남편에게도 비평을 가했다. 지정속도가 60km인데 지금 넘고 있다, 위험하게 그런 식으로 차선을 바꾸지 마라, 로터리에서 돌 때 너무 바깥쪽으로 돌지 않았느냐, 트럭이나 버스는 무조건 먼저 보내줘라, 뒤차가 추월할 모양인데 오른쪽으로 비켜라…….

남편은 나의 끊임없는 잔소리를 '자동차 비평'으로 점잖게 호칭해주기는 했지만 나의 자동차 비평은 거기서 끝나지 않았다. 마주 달려오는 차를 보면 충돌에의 공포가 없는지를, 저 수많은 운전자들 중의 누군가 갑자기 교통신호를 무시하고 반란을 일으킬지도 모른다는 생각은 해보지 않았는가를, 느리게 달리는 차를 보면 왜 앞지르고 싶은지를, 자동차 꽁무니의 여러 가지 표시등을 보노라면 기계와 대화하고 있다는 느낌이 들지 않는가를, 나는 모든 것을 궁금해하고, 캐물었다.

그리고 어느 날인가는 자동차 비평을 하는 스스로를 비평해보기도 했었다. 나는 왜 가만있지 못하고 쉴 새 없이 주위의 자동차를 비평하는지, 왜 하늘이나 나무를 보며 실려가지 못하고 두리번거리며 불안에 찬 비평을 하고 있는지를.

그래서 얻어낸 결론이 '자기를 믿을 수 없을 때 남을 불신한다'

였다. 정말 그랬다. 여태도 운전에는 하얗게 무지한 나는, '자동차는 무섭고 놀라운 것이다'에서 한 발자국도 진보하지 못한 '나'라는 인간은, 그 두려움을 끊임없이 비평이라는 조바심으로 삭히고 있는 것이었다.

그렇게 나를 비평해서 얻어낸 결론은 틀리지 않았지만, 그래도 나의 자동차 비평은 여태 계속되고 있다. 그러고 보면 기계에 대한 나의 주눅 들림은 생각보다 몹시 깊은 모양이었다. 이 주눅 들림에서 벗어나야 내 자동차 비평도 성숙할 터인데 그날이 언제일지는 모르겠다. 나는 언제나 '아, 차는 왜 달리는가?' 따위의 보다 철학적인 명제에 내 비평을 접목시킬 수 있을까.

나는 차를 타는 것을 좋아한다. 장거리 여행을 하게 될 일이 있어도 차 타는 문제로는 고민하지 않는다. 창가 자리에만 앉을 수 있다면, 그리 하여 변화무쌍하게 바뀌는 바깥 풍경을 내 것으로 할 수만 있다면, 얼 마든지 나를 감당할 수 있는 것이다. 때로는 자기 자신이 처치 곤란한 짐처럼 여겨지는 시간들이 얼마나 많은가 말이다. 그러나 바퀴 달린 차에 실려 가다보면 그럴 염려는 하지 않아도 좋다. 차를 타고 있으면 내 마음에도 바퀴가 네 개쯤 돋아나서 모든 것이 윤활하게 돌아가는 느낌을 받게 된다.

단발머리 여학생 시절에는 어디론가 자꾸만 달아나려는 마음을 달래 보려고 하교길에 무작정 시내버스를 타곤 했었다. 비포장도로의 종점 까지, 한 번도 본 적이 없는 낯선 동네로, 시퍼렇게 출렁이는 저수지 둑 으로, 그렇게 시내버스를 타고 빙빙 돌았다.

요즘에도 차를 타고 어디 가자는 말에는 귀가 솔깃해지곤 한다. 이것 은 여행이라는 말과는 좀 다른 것이다. 본격적으로 짐 꾸리고 떠나는 행사가 아니고, 그냥 바퀴에 실려 사람 많고 자동차 많은 도심지를 짧 은 시간 배회하고 마는 일이라 할지라도 나는 그것이 싫지 않다. 내게 는 정적 감도는 깊은 산야를 차창으로 내다보며 자연의 위대함에 압도 당하는 일이나, 번잡한 거리를 지나며 간판과 사람들이 뒤엉켜 복닥거 리는 모습을 차창을 통해 내다보는 일이 똑같이 감동스럽다.

이곳에서
저곳으로

길 위를 떠돌고 있으면, 이곳에서 저곳으로 달려가고 있다 보면 언젠
가 잃어버린 무엇, 사라져버린 무엇을 찾을 수 있을 것처럼 여겨진다.
잃어버리고 사라져버린 그것이 바로 나 자신일지도 모른다는 느닷없
는 생각에 때로는 후두둑 가슴을 떨기도 한다.
그럴 때는 흘러가는 풍경 속에 행여 잃어버린 내가 없는지 눈을 씻어
가며 차창 밖을 주시하곤 한다. 그리곤 중얼거린다. 언제쯤이면 과연
잃어버린 나를 찾을 수 있을까…….

택시를
탔더니……

　도시에서 살다보면 택시 타기의 어려움을 절절히 경험하기 때문에 아무 볼일이 없더라도 지붕에 불을 켜고 유유히 지나가는 빈 택시를 만나면 그만 손을 들고 싶어진다. 손이야 들지 않는다 쳐도 빈 택시가 손님을 찾노라 인도의 사람들을 흘낏거리며 서행하는 것을 보게 되면 낯설고도 안타까워서 오래 처다보게 된다.

　그날도 시간에 맞춰 가야 할 곳이 있는데 택시를 잡을 수가 없어서 영 난처한 기분으로 길 위에 서 있는 중이었다. 길이 막힐 것까지 고려해서 나름대로 일찍 나섰다고 한 것인데도 길에서 허비한 시간이 거의 이십여 분, 아무래도 약속한 사람한테 실수를 할 것 같아서 내심 불안하기 짝이 없었다. 그런데 고맙게도 저 앞에서 빈 택시가 오는 것이 보였다.

그 택시는 지붕에 불은 켜놓았지만 그러나 빈차는 아니었다. 뒷좌석에 중년남자 한 사람이 타고 있었으니까 소위 말하는 합승을 해야 할 처지였다. 나는 자연 운전석 옆자리에 앉게 되었고 이제는 약속에 늦을 걱정은 하지 않아도 좋았으므로 명랑하게 뒷좌석 손님과 기사에게 "고맙습니다." 하고 말했다. 인사를 하면서 보니 운전기사의 옆모습이 낯익었다. 어디서 보았던가, 고개를 갸웃거리다 말고 나는 마음속으로 가만히 부르짖었다. 아, 백발백중 아저씨!

한 달 전쯤 시내에서 귀가하는 길에 나는 그의 택시를 탔었다. 은회색의 개인택시였고 기사는 쉰이 채 못 되는 나이임에도 흰머리칼이 검은 머리를 다 가리고 있는 은발이었다. 그때 나는 시내 서점에서 산 책 꾸러미를 품에 안고 있었는데 그런 나의 모습을 백미러로 흘낏 살펴본 기사는 나를 돌아보며 아주 자신만만하게 물어왔다.

"학교 선생님이시지요?"

물론 나는 아니라고 하였다. 틀림없을 것으로 믿었던지 기사는 잠시 난감해 하다가 이번에는 이렇게 묻는 것이었다.

"지금은 아니시더라도 몇 년 전까지는 교사생활을 하셨을 텐데……."

역시 나는 아니라고 하였다. 그리고는 왜 그러느냐고 묻지 않을 수 없었다.

"택시기사 생활을 오래 하다 보면 손님 얼굴만 보아도 직업쯤
은 금방 맞혀낼 수 있지요. 난 눈썰미가 좋아서 특히나 백발백중
인데 이상하네요. 교사생활을 한 적이 정말 없습니까?"

내친김에 나는 또 아니라고 대답해 버렸다. 이제 와서 그렇다
고 하기도 뭣한 것이, 나는 10년 전에 잠깐 국어선생을 한 적이
있기는 했지만 그거야 10년도 넘은 옛날의 일이었다. 그런데 택
시기사는 좀체 수긍하려 들지 않았다.

"혹시 바깥양반께서 그럼 교사이신지……."

"아닙니다."

"거참, 정말로 미치겠네. 손님 얼굴을 딱 보니 분명 여선생님인
데. 그렇다면 대학에 계시거나 학원 관계 일을 하십니까."

"그런 것도 아닌데요."

"대체, 그럼 뭐하십니까?"

그가 답답해 죽겠다는 투로 내 직업을 캐물었을 때 나는 그냥
주부라고만 대답했다. 그런 자리에서 소설가 운운할 수는 없으니
까. 그 뒤부터 택시에서 내릴 때까지 기사는 연신 장탄식을 하고
있었다. 이렇게도 안 맞을 수가 있느냐고, 이젠 늙어서 눈까지 흐
려진 모양이라고, 무심하게 보아 넘길 수 없을 만큼 심각하게 혀
를 끌끌 차던 것이었다.

그런 까닭에 나는 그의 얼굴을 금방 기억해낼 수 있었다. 공교롭게도 나는 자칭 '백발백중 직업 감별도사'의 택시를 또 타게 된 것이었다. 그러나 나는 그에게 아는 체를 하지는 않았다. 그가 나를 알아보는 것 같지도 않았다. 그는 아까부터 뒷좌석의 손님과 이야기를 나누고 있었던 모양이었다. 나의 합승으로 잠깐 끊겼던 대화가 다시 이어졌고 나는 잠자코 그들의 이야기만 듣기로 했다.

　　"세상이 잘못된 건지 내 눈이 늙어서 흐려진 건지, 아무튼 요새는 택시 몰고 다니는 재미가 없어져 버렸어요. 예전에는 손님들 얼굴 한번 쓰윽 보고 은행원인지 세일즈맨인지 척척 알아맞히는 재미가 수월찮았거든요. 그런데 요새는 영 엉망진창이란 말입니다. 분명 시장의 장사꾼 얼굴인데 목사님이라고 그러질 않나, 사장님이 아니냐고 물으면 실업자라고 내세우질 않나……."

　　뒷좌석 손님이 허허 웃어대다가 그에게 물었다.

　　"그럼 요새는 백발백중이 아니라 백발 쏘아도 빵점이겠군요?"

　　"뭐 그 정도까지야 안 되겠지만 그저 백발에 이삼십 점도 건지기 어렵다니까요. 글쎄, 사기꾼 얼굴도 못 알아봐서 엊그제는 두 시간 장거리 뛰고 단돈 천 원도 못 받아냈다고요. 예전에야 나처럼 밝은 눈도 없어서 절대 공짜손님 사기 수법에 걸리는 법이 없었지요."

"언제부터 택시를 몰았습니까?"

"이게, 아마 이십 년 남짓 하고 있는 일이랍니다. 정확히 칠공 년도에 운전대를 잡기 시작했지요. 평생 이 짓만 하고 있는 셈입니다."

20년 넘게 운전을 했다는 말에 뒷좌석 손님이 크게 놀라는 시능을 하였다. 그러거나 말거나 기사는 다시 직업 감별 이야기로 되돌아가고 있었다.

"뒤죽박죽이에요. 진짜 같은 얼굴이 없어요. 요즘 세상은 어찌 된 판인지 사기꾼도 진국인 양 얼굴이 훤하고, 강도도 처음 보면 양순한 샌님 다를 바 없고. 요즘 높은 분들 좀 보라지요. 내 관상학적으로는 구린 짓 많이 했을 사람들이 국회의원이다, 고위공직자다 해서 폼 잡고 다니질 않나. 그래도 저 양반만은 백옥같이 깨끗하려니 믿었더니 무슨 부정이다, 축재다 해서 날마다 신문에 오르내리고…… 그런 꼴 보고 있으면 정말이지 내 관상학이 무색해져요."

그때 뒷좌석 승객이 차를 세웠다. 길이 막혀서 여느 때 같으면 5분 거리도 안 될 곳에 거의 20분이 소요되고 있었다.

나는 아까부터 그를 위로해 주고 싶다는 생각에 시달리고 있었다. 그의 세상 사는 재미를 식게 만든 확률 중에는 나도 끼어 있을 것이었다. 얼마나 단호하게 그의 자신감을 배반했는가 말이다. 기사의 말은 모두 옳은 것이었다. 이 시대는 사실상 모든 질서가 뒤죽박죽인 채 구르고 있었다. 진실과 거짓의 실체를 해부하기 위해서는 상식 따위 구시대의 무기는 소용없는 지경이었다.

백발백중이 못 되는 원인은, 백발에 이십 내지 삼십만 건지는 이유는, 대개가 다 이 어지러운 사회에 책임이 있었다. 20년 동안 좁디좁은 택시 안에서 삶과 투쟁해 온 그에게 나는 뭔가 알맞은 선물을 주고 싶었다.

그래서 나는 그에게 조심스레 말을 던져 보았다.

"제 직업은 무엇인지, 느끼는 게 없으세요?"

그랬더니 그는 무엇에 놀란 사람모양 둥그렇게 눈을 뜨고 나를 보았다.

"글쎄요, 요새는 영 긴가민가해서……."

"한번 맞혀 보세요."

"글쎄…… 내 보기엔…… 혹시 보험 아주머니 아니세요?"

세상에, 이번에는 보험 아줌마라는 계시를 받은 모양이었다. 그러나 어쩔 것인가.

"어쩌면 그렇게 잘 알아보세요? 정말 대단하시네요."

그의 얼굴이 활짝 피어났다. 때마침 목적지에 닿았으므로 내 능청은 그쯤에서 끝날 수 있었다. 내가 보험 아줌마가 됨으로 해서 그가 조금이라도 위로받을 수 있다면 나는 아무래도 좋았다.

아니, 어쩌면 내 잘못인지도 모를 일이었다. 보험 아주머니 같은
관상을 하고서 소설을 쓰고 있는 나라는 인간, 이 문제에 대해선
앞으로 두고두고 생각해 볼 일이었다.

지하철에서

이영달(李榮達) 씨는 월급쟁이다. 그것도 아주 깐깐한 회사의 총무과에 근무하는, 별 볼 일 없이 퇴근 시간만 늦는 처지의 말단 계장이다. 이름이야 그럴 듯하지만 애당초 지위가 높아지고 신분이 귀해지는 팔자하고는 거리가 먼 형편이기도 하였다. 겨우 계장 자리에 오르나 했더니 몇 해째 계속 요지부동이어서 이제는 자신의 영달을 감히 기대해 보지도 않는 터였다. 비록 그것만이 아니라 월급쟁이 노릇에 어지간히 익숙해져서 세상살이 가운데 포기할 것은 빠르게 포기하고 과욕을 삼가는 분수 지킴도 제법 도통해 있는 그이기도 하였다.

대개의 모든 월급쟁이들이 그렇듯 이영달 씨 역시 서울에서의 내 집 마련도 일찌감치 단념하고 인천 못미처에 값이 헐한 아파트를 소유하는 것으로 만족하고 있었다. 딸만 둘이었지만 그 역시 미리미리 포기하여 아들 욕심에 안달을 낸 적도 없었다.

그런 이영달 씨지만 유독 쉽사리 포기할 수 없는 문제가 하나 있었다. 이영달 씨의 경우에 있어서 그 문제는 매일같이 그의 일상에 출몰하는 것이기 때문에 사정이 더욱 딱했다. 뭐 대단한 것은 아니고, 아니 사실은 대단한 일이기도 하겠지만 그 문제란 지하철 안에서의 눈치 싸움이었다. 출근 시간이야 워낙이 붐비는 구간이라 쉽게 체념할 수 있었지만 퇴근 때만은 좀 달랐다. 이미 밝힌 바 있지만 그의 퇴근 시간은 늦는 편이라 대개 아홉 시 전후에 지하철을 타게 되었다. 그 시간대는 앞 시간의 퇴근 인파가 대충 빠져나간 때여서 적어도 신문을 펼쳐들 만한 여유는 있었다. 그러나 좀처럼 좌석을 확보하는 행운을 잡기가 힘이 들었다. 말하자면 앞에 앉은 이의 관상까지를 살펴서 어느 역에서 자리를 비울 것인지를 살피는 치열한 눈치 싸움이 필요한 터였다.

어찌 보면 그 싸움의 결말은 얄궂기까지도 하였다. 물먹은 솜처럼 녹초가 되어버린 날이면 점찍어 놓은 상대가 이영달 씨와 같은 역에서 하차를 하기 일쑤였다. 엉뚱하게 자리를 차지하는 경우도 더러 있었지만 대개는 지지리도 재수가 없어 섣부른 작전 변화에 남 좋은 일만 시키기 마련이었다.

지지리도 재수가 없는, 바로 그런 날들 중의 어느 하루였다. 동대문역에서 승차한 우리의 이영달 씨는 우선 좌석을 차지한 승객들의 표정부터 일목요연하게 훑어보았다. 그리고는 가장 확률이 높아 보이는 상대로 차표를 손에 쥐고 있는 젊은 처녀를 발견했다. 그는 처녀 앞에 버티어 섰다. 첫 번 작전은 무참한 실패였다. 처녀는 옆자리 친구에게 "인천까지 잠이나 자면서 가볼까."라고 말하더니 이내 눈을 감았다. 이영달 씨는 재빠르게 다음 상대를 물색하였다.

이번에는 눈을 부릅뜨고 앉아 있는 대머리의 노인이었다. 노인은 서울역을 지나기까지 꿈쩍도 하지 않다가 신문 판매원에게 석간 한 장을 사 들었다. 그는 마음속으로 이미 가위표를 던진 뒤였으므로 미련 없이 다음 차례를 물색하였다.

이번엔 아기를 안고 있는 젊은 부부들 앞이었다. 잘하면 두 좌석이 확보되니 옆 사람 신경 쓸 것도 없다는 생각을 하고 있는데 용산역에서 대머리 노인이 선뜻 내려버리는 게 아닌가. 덕분에 웬 아주머니만 좋은 일 시킨 셈이 돼버렸다. 옳지, 이번에는 좀 꾸준히 기다려 보자. 이영달 씨는 그날 역시 물먹은 솜처럼 지쳐 있었으므로 상당히 자신의 실패에 충격을 받았다.

그러나 어쩌랴. 젊은 부부는 개봉역에 이르기까지 아기의 재롱에만 팔려 있었다. 에라, 마지막이다. 이영달 씨는 과감히 등을 돌려서 건너편의 양복 입은 신사를 점찍고 앞에 버티어 섰다.

그리고 다음 역에서 거짓말처럼 부부가 일어나 나가버리는 일이 일어났다. 이번 충격은 상당히 오래 가서 그는 부천을 지나기까지 적잖이 상심해 하였다. 게다가 양복의 사나이는 금방이라도 일어설 듯 말 듯 엉덩이를 들썩들썩하면서 끝내 일어서지 않았다.

　마침내 전철은 그가 내릴 역에 당도하였다. 기다렸다는 듯이 양복의 사나이가 벌떡 일어섰다. 출입문을 나서면서 이영달 씨는 흘낏 사나이가 남겨 놓은 빈 좌석을 돌아보았다. 저 비어 있는 초록색 자리에 앉아 마냥 가고 싶다는 강렬한 유혹을 물리치며 그는 차에서 내렸다. 바로 그때 우리의 이영달 씨는 더할 나위 없이 쓸쓸하였다. 만년 계장 자리도, 서울특별시에서 밀려난 것도, 아들 하나 없는 신세도 다 참아내는 그였지만 자신을 따돌리는 초록색 의자만큼 그를 쓸쓸하게 하는 것은 정말이지 없었다.

신도림에서는
내려야 한다

　양민호 씨는 전형적인 월급쟁이라고 부를 만한 인물이다. 얼마큼이나 전형적인가 하면 누구라도 그를 처음 보면 단박에 "어느 회사에 다니시죠?" 하고 물어볼 수 있을 만큼이었다. 단정하게 목을 옥죄고 있는 넥타이, 다림질이 잘된 흰 와이셔츠, 그리고 전혀 파격을 허락하지 않고 있는 행동거지, 이 모든 것을 양민호 씨는 지니고 있었다.

　이 시대 월급쟁이의 또 한 특징이 지하철을 이용한 출퇴근이라면(하기야 요새는 오너드라이버도 흔한 세상이지만 일단 그렇다고 친다면) 양민호 씨는 그 점에서도 단연 돋보인다. 그는 봉천동에 살고 있고 그의 직장은 종각 근처의 한 빌딩에 있다. 이럴 경우 출퇴근의 방편은 물론 여러 가지가 있지만 양민호 씨는 지하철 이상의 효율적인 방법을 아직은 개발해 내지 못하고 있는 중이었다. 자가용이나 택시는 아직 그의 경제사정이 허락하지 못하는 수단이고 시내버스는 노상 지각의 불안감을 각오해야 하는 위험 부담이 있었다.

'서울 지하철 수도권전철 노선도' 라는 이름의 복잡한 그림을 들여다보면 봉천동에서 종각으로 직행할 수 있는 노선은 없다. 마음대로 줄을 긋자면 직선으로 길을 내고도 싶지만, 마음대로 살자면 무엇인들 못하랴마는, 양민호 씨는 다소곳하게 노선표에 수긍하여 그것이 지시하는 대로 집과 직장을 오고 가는 사람이었다.

양민호 씨는 그래서 아침이면 봉천역에서 승차하여 다섯 구간을 달려 신도림역에서 1호선으로 갈아타야 했다. 저녁이면 꼭 그것과 반대로 종각역에서 승차하여 신도림역에서 2호선으로 갈아탔다. 가거나 오거나, 아침이나 밤이나, 그의 인생코스는 늘 신도림에서는 내려야 하는 행로였던 것이었다.

양민호 씨는 월급쟁이 생활 전반에 대해 늘 그렇게 대하는 것처럼 신도림역에서의 하차가 이미 일상이 되어 도무지 낯설거나 불편하거나 하지는 않았다. 아침 7시면 어김없이 일어나 이빨을 닦는 일처럼, 낮 12시에는 자동적으로 배가 고파오듯이, 오후가 되면 퇴근시간을 계산하는 시계 쳐다보기가 주요 목운동의 하나

이듯이, 하루 두 차례의 신도림역 갈아타기 또한 더도 말고 덜도 말고의 일상 목록이었다.

양민호 씨가 월급쟁이로서의 삶을 포기하지 않는 한은 이 목록들이 그의 일상을 지배할 것임은 거의 틀림없는 사실이었다. 그리고 그런 것들이 특별히 그를 훼손시키거나 할 성질도 아니었다.

하지만 때로는 이 굴레에 갇힌 스스로를 확인하는 수도 있는 법이었다. 양민호 씨가 자신의 굴레를 확인하던 날, 공교롭게 내가 그와 동행이었다. 우리는 그날 종각에서 같이 지하철을 탔다. 그는 나와 함께 한때 내가 살았던 부천까지 가야 할 임무를 지니고 있었다. 물론 회사 업무 중의 하나였고 나는 그 업무 대상으로서 동행을 했던 참이었다.

지하철은 낮 시간임에도 복잡하기 짝이 없었다. 아마도 겨울방학 중이어서 더 그랬을 것이었다. 그래도 재수가 없지는 않아서 나는 용산쯤에서, 양민호 씨는 대방역에서 가까스로 좌석을 확보했다. 그 때문에 우리 두 사람 사이의 거리는 꽤 떨어져 있게 되었고 나는 막 나온 석간을 펼쳐 기사 읽기에 골몰했다. 영등포쯤에서 언뜻 건너다보니 양민호 씨는 벌써 눈을 감고 휴식으로 들어가 있었기에 신도림역에 도착했을 때도 나는 별 생각 없이 신문을 보고 있었다.

양민호 씨가 감쪽같이 사라져버린 것을, 어느 순간 확실하게 잠적해버린 것을 발견한 때는 부천이 가까워 올 무렵이었다. 신도림역에서 사람이 많이 탔기에 얼마간은 그가 앉은 자리를 볼 수가 없었다. 그래도 어딘가에 있으려니 했다. 역곡을 지나면서는 그가 앉았던 자리를 환히 바라볼 수 있었음에도 그가 보이지 않았다. 이상한 일이었다. 한산해진 전동차 안을 일일이 눈으로 더듬어 보았지만 그는 아무 데에도 없었다.

어쨌든 나는 우리의 목적지인 부천역에서 하차를 했다. 어느 칸에서든 그가 튀어나오리라 믿으면서. 그러나 아니었다. 플랫폼에서 아무리 기다려도, 하차한 승객들이 모두 흩어진 뒤에도 그는 보이지 않았다. 나는 꼭 귀신에 홀린 기분이었다. 눈을 뻔히 뜨고도 동행인을 잃은 내 모습이 믿어지지가 않아서 나는 다음 인천행 전동차가 들어올 때까지도 플랫폼을 떠날 수 없었다. 그리고 거짓말처럼 그가, 사라졌던 양민호 씨가 금방 도착한 전동차에서 씨익 웃으며 나타났다. 나는 완전히 멍해버렸고 그는 뒤통수를 긁으며 띄엄띄엄 사정을 설명했다.

"나도 모르게…… 정말 버릇이란 무서워서, 그만 신도림역에서 폴짝 뛰어 내렸어요……."

기차
안에서

    지난 금요일 오후, 나는 고향으로 가는 기차의 3호차 27번 좌석에 앉아 있었다. 주말도 아닌데 열차 안은 입석 승객이 띄엄띄엄 보였고 빈자리는 아예 눈에 뜨이지 않았으며 정차할 때마다 자꾸만 서 있는 승객이 늘어나는 형편이었다.

    나 역시 좌석을 얻기 위해서 며칠 전 일부러 역에 나가 표를 예매해서 이만큼이나마 편히 가고 있는 중이었다. 좌석에 앉았으면서 '이만큼이나마'라는 불만에 찬 표현을 쓰는 데에는 그만한 사정이 있어서였다.

    내 자리는 원래 창가로 배정되어 있었다. 혼자 하는 여행이라면 고속버스거나 열차거나 일부러 부탁을 해서라도 창가 좌석을 얻는 것이 나의 버릇이었다. 통로 쪽은 나다니는 사람들로 노상 불안하였고 폭 파묻혀서 낯선 곳의 정취를 감상할 수도 없었다. 다른 무엇보다도 창문 곁에 앉으면 우선 가슴이 확 트였다. 먼 곳의 지평선, 낮게 이어지는 산들의 굴곡, 펼쳐진 동네의 모습을 모두 내 가슴으로 받아들일 수 있어서 그렇게 기분이 좋았다.

말하자면 풍경을 담을 수 있는 창문을 내 것으로 할 수 없는 여행이라면 그 여행은 내게 있어 '운반' 이외 아무런 의미도 없는 것이었다. 물품처럼 실려 가서 목적지에 무덤덤하게 전달되는 화물의 존재로 추락하지 않기 위해서라도 나는 창가 좌석을 요구하지 않을 수 없었다.

내가 창가 좌석을 의심하지 않고 열차의 내 자리를 찾아갔을 때, 그러나 이미 상황은 내 뜻과는 정반대로 전개되어 있었다. 웬 할머니 한 분이 아주 편안한 자세로 내 자리에 앉아 있는 것이었다. 물론 나는 기차표의 좌석번호를 확인시켜 가면서 내 자리를 돌려달라고 정중하게 부탁을 드렸다. 그랬더니 돌아오는 대답이 정말이지 기가 막혔다.

"아이구, 그냥저냥 내 자리에 앉으시구랴. 한번 앉았는데 귀찮게 뭘 바꿔? 여기 앉아요, 여기 27번이 내 자리니께 편히 앉아 가시구랴."

마치 27번 좌석을 내게 양보라도 해준다는 투의 할머니 말씀을 거역할 수가 없었다. 게다가 이미 긴 여행에 소요될 주전부리며 편한 자세가 다 갖추어진 할머니한테 내 욕심만을 위해 귀찮게 옆으로 옮겨달라는 부탁을 거듭 드리기는 어려웠다. 내가 영등포에서 타지 않고 서울역에서만 탔더라도 이런 사고는 미연에 방지할 수도 있었는데 정말 아쉬웠다.

그렇게 28번 좌석표를 들고도 27번에 앉아 있은 지 한 10분쯤 되었을까, 첫눈에 보아도 어지간히 멋을 부린 젊은 청년이 나타나서 할머니한테 이렇게 말하는 것이었다.

"다 뒤져도 빈자리가 없어요. 할머니, 그냥 여기 서 있을래요."

그러면서 말과는 달리 내 좌석의 팔걸이에 슬쩍 엉덩이를 얹어놓는 것이 아닌가.

"그것 봐라. 애비가 표 끊으러 갈 때 진작 말하지 않고 이게 무슨 고생길이냐. 잘 살피다가 빈자리 나서면 얼른 앉아버려라. 그래그래, 우선은 아줌니한테 미안하지만 거기에라도 걸터앉아 가그라. 어쩌끄나……."

할머니는 손자가 서서 가는 게 안쓰럽다 못해 앉아 있는 승객 모두한테까지 숨김없이 적의를 나타내기 시작했다.

"아이고, 뭐 할라고 이렇게들 싸댕기는지 몰러. 요새 사람들은 왜 그리 빨빨거리고 돌아다니는 것을 좋아할꼬."

빨빨거리고 돌아다니는 요새 사람들 중의 하나인 나는 이미 이번 기차여행이 불길하리라는 예감에 시달리고 있었다. 머리는 무스를 발라 척 빗어 넘기고 통이 넓은 바지에 붉은 재킷, 그리고 여자들의 블라우스를 연상시키는 화려한 남방셔츠를 입은 청년이 내 오른쪽 팔걸이를 차지하고 있는 한은 그러한 불길한 예감을 떨칠 수 없었다.

아니나 다를까, 내 예감은 현실이 되어 하나씩 나한테 시련을 가하기 시작하였다. 우선은 청년의 껌 씹는 소리에 귀가 아플 지경인 것이 못 견디게 괴로웠다. 게다가 걸핏하면 할머니 쪽으로 몸을 굽혀 별 이야기도 아닌데 대화를 나누면서 내 시야를 차단하였다. 그러나 어쩌랴, 할머니와 손자 사이에 끼어서 답답해지면 슬쩍 일어나 객차와 객차 사이의 통로에서 바람을 쐬기도 하는 것으로 그 괴로움을 달랠밖에.

그러나 그 방법도 포기하지 않을 수 없었다. 한참씩 바람을 쐬고 돌아오면 청년은 그새 내 자리를 차지하고 앉아 조는 척하기 일쑤였다.

"야야, 아줌니 오셨다. 얼른 일어나. 야가 어젯밤 잠을 설쳐서 이런다우."

할머니의 이상한 사과의 말을 듣고 있으면 정말 나는 기분이 묘했다. 청년은 못 이기는 척 일어나기는 하지만 그 자리에 앉는 일이 몹시 민망할 정도였다.

어쨌든 그렇게 한참을 갔는데 더 속상한 일이 벌어졌다. 청년이 콜라를 사서 멋들어진 동작으로 깡통의 뚜껑을 따는 순간이었다. 열차에 실려 오랜 시간 출렁이고 있던 깡통 속의 콜라가 요란한 가스 발생음을 내며 분수처럼 솟구치고 말았다.

깡통 속의 내용물이 어디로 흘렀는지에 대해선 길게 설명하고 싶지도 않다. 구두 속에까지 끈적끈적한 콜라가 들어가 버린 상태, 치마의 반쯤이 콜라로 세탁되어버린 상태에서 청년은 나한테 이렇게 말하고는 그만이었다.

"미안합니다. 씨, 이게 왜 이 모양이야. 에이, 재수 없어."

그리고 얼마 후 서대전역이었다. 기차가 속도를 늦추기 시작하자 청년이 갑자기 우동을 먹겠다고 설쳐댔다.

그리하여 역구내에서 파는 우동을 양손에 하나씩 들고 돌아오긴 했는데, 그다음이 또 문제였다. 이번에는 할머니가 그 우동국물을 마시다가 출발 때의 기차 진동 때문에 실수를 저질렀다. 콜라 얼룩이 요란한 내 치마의 일부분이 다시 뜨거운 우동국물로 겹치기 수난을 당했는데도 할머니는 그것조차 눈치채지 못하였다. 나는 축축한 치마를 노려보며 그저 입만 꾹 다문 채 견디고 있었다. 어쩌겠는가?

그것으로 이 여행의 수난이 끝인가 했었다. 점점 목적지가 다가오는 것이, 그래도 기차는 달리는 것이 그렇게 다행일 수가 없는 시간들이 흘러 이리 역을 지나던 때였다. 앞으로 이십 분쯤 후

이곳에서 저곳으로

146 . 147

면 나는 이 악몽을 홀홀 털고 다시 상식적인 일상으로 돌아갈 수 있는 것이었다. 그런데 바로 그 순간이었다.

팔걸이에 앉아 있던 청년이 씹고 있던 껌을 획 뱉었다. 아니, 일부러 뱉은 것은 아닌지도 몰랐다. 할머니한테 무슨 말을 하려다 그리 되었는지도.

나는 이제 그만 읽던 책을 덮고 내릴 준비를 해야겠다는 생각을 하던 참인데 펼쳐진 페이지에 뚝 떨어져 달라붙어 버린 껌을 보았다. 이빨 자국도 선명한 그 껌을.

나는 청년에게 펼친 채로 책을 내밀었다. 청년은 민망한 기색도 없이 책갈피에서 획 껌을 뜯어냈다. 그 서슬에 종이도 찢겨나갔다.

나는 책을 거두어들이지 않았다. 이번에는 더욱 단호하게 청년 쪽으로 찢겨나간 책을 들이밀었다. 마침내 청년이 볼멘소리로 "정말 미안합니다."라고 말했다.

나는 말없이 일어나 선반 위의 짐을 꺼냈다. 아직 10분쯤은 더 앉아 있어도 충분했지만 더 이상은 그곳에 있고 싶지 않았다. 청년에게 뭐라 한 마디 정도는 해야겠다는 생각이 없지는 않았으나 그냥 포기했다. 한 마디로는 도저히 불가능한 상황이었다. 열 마디, 아니 백 마디로도 부족하였으므로 나는 아예 입을 닫기로 했다.

내가 자리를 비우고 통로로 나서자 청년이 기다렸다는 듯이 털썩 그 자리에 앉았다. 그리고는 이렇게 중얼거렸다. 귀 밝은 나는 끝내 그의 투덜거림까지 다 듣고야 말았다.

"에이, 재수 없어. 하필 13일에 금요일이더니. 이런 날에 재수가 좋을 턱이 있나."

그날은 정말 13일이었고 금요일이었다. 그러나 그 소리는 정작 누가 할 소리인지, 나는 끝까지 기가 막혀 벙벙한 정신으로 그 기차여행을 끝내야 했다.

우리의 뇌 속에는 송과선(松果腺)이라 부르는 콩만한 크기의 회백색 조직이 있어서 오래전부터 과학자들로 하여금 이것이 곧 사고의 흐름을 조절하는 이성(理性)의 자리가 아닌가 하는 추측과 연구를 낳고 있다고 한다.

송과선에 관한 거듭된 연구는 그 속에 다량으로 저장된 세로토닌이라는 화학물질에 의해 존재하고 기능한다는 발견에까지 이르렀는데, 이 연구에 있어서 더 재미있는 사실은 신비의 화학물질이라고 여겨졌던 세로토닌이 부처가 그 밑에 앉아 깨달음을 얻었다는 보리수나무에 아주 많이 들어있다는 것이었다.

나는 이 이야기를 아주 재미있게 들었다. 아무 데나 과학을 들이대서 증명하고 확인해 버리면 우리가 간직할 꿈이나 그리움이 남아나지 않는다는 것은 잘 알지만, 그런 우려를 덮어버릴 다른 상상도 있는 법이었다.

우리 뇌에 세로토닌이 부족하면 올바르게 생각할 수 없고, 세로토닌을 충분히 공급받으면 이성적인 판단과 해탈을 겸할 수 있다면, 그렇다면 세상사 복잡하고 억울한 사연들은 의외로 간단히 해결될지도 모르는 일 아닌가. 동서양의 제국주의자들, 역사 속의 숱한 옹고집의 권력자들한테도 미리미리 세로토닌을 처방했더라면 지금의 세계사는 어떻게 바뀌었을지도 한번 상상해 볼만한 일이다.

고정관념에
대하여

그리고 나는? 정신의 키를 높이지 못해 날마다 자기혐오에 살고 있는
나 같은 위인한테 세로토닌은? 그리고 당신은? 사랑하는 사람보다 미
워하는 사람이 더 많아 늘 우울하기만 한 당신한테 세로토닌은?

그리고 여기 등장하는 그와 그녀한테는?

삶과 삶이 만나는 불가사의한 인연의 끈을 몇 개의 고정관념으로만 재
단하려고 드는 그와 그녀한테도 역시 세로토닌은 필요하다. 하지만 이
런 경우에는 보리수나무보다는 못해도 문어나 자두에도 그것이 함유
되어 있다 하니, 문어나 자두를 권해볼 일이다. 보리수나무를 처방했
다가는 범사의 오밀조밀함을 팽개치고 더 높은 데로 날아가 버릴 염
려가 있으니까.

그 여자의
고정관념

긴 밤을 지새우고 났을 때, 동쪽 창에 발갛게 번져오는 햇살을 보았을 때, 그녀는 문득 동아줄 같은 삶의 질김을 깨닫지 않을 수 없었다. 아침이란 것은 하루도 빠짐없이 잘도 찾아오는구나, 이런 생각을 하면서 망연히 누워 있는데 이윽고 부지런한 이웃의 비질 소리, 아침잠 없는 갓난아이의 칭얼거림, 또한 근심 없는 사람들의 청명한 말소리들이 간단없이 그녀의 귀에 닿았다. 살아있음은 뭐랄까, 지루한 반복 외 그 아무것도 아니다, 라는 생각에는 변함이 없었으나 그래도 밝음은 동시에 희망 같은 것을 안겨 주기도 하였다.

누구일까, 먼 곳에서 알토의 노랫소리도 들리고 비명처럼 악악거리며 안간힘을 쓰는 듯한 셔터 올리는 소리까지 다 듣고 나서 그녀는 겨우 고개를 돌려 시계를 보았다. 여섯 시거나 일곱 시거나 생각했는데 시계바늘은 벌써 여덟 점 위에 올라 있었다. 겨울인 것이다. 겨울 해는 일찍 숨고 더디 찾아오지 않느냐는 사실을 구구단 외우듯이 기계적으로 자신에게 이해시키면서 또 얼마간을 그녀는 말없이 누워 있었다.

벌써 일요일이라고, 처음 눈뜰 때도 꼽아본 요일을 그녀는 한 번 더 상기시켰다. 일요일마다 매번 그녀는 벌써, 라고 한숨짓곤 하였다. 세월의 화살 같음이 새삼스럽게 느낌부호로 맺음되는 게 곧 일요일이 아니냐는 것이 그 한숨의 이유였다. 출근을 서두를 필요도 없는 고지식한 휴일의 평퍼짐함. 그녀는 미간을 찡그리면서, 지긋지긋해 하는 표정을 감추지도 않은 채 자리에서 일어났다.

스물아홉, 월수입 사십여 만원의 초라한 사무원, 쌍꺼풀도 없는 눈과 약간 쉰 듯한 목소리가 치명적인 결함으로 붙어 다니는 미혼녀. 엉거주춤한 무릎걸음으로 경대 앞에 다가가서 그녀는 우선 쌍꺼풀이 없는 자신의 눈을 들여다보았다. 쉰 듯한 목소리거나 작은 눈이 치명적인 결함이라는 소견은 물론 그녀의 것이 아니었다. 버티고 있는 스물아홉의 나이를 챙겨주느라 가족들이 억지로 갖다 붙인 말장난에 불과한 것이었다.

더욱 치명적인 것은, 그 나이에도 불구하고 그녀에겐 고정관념이 많다는 사실이었다. 수십 번의 맞선도 그러했고 수천수만 번의 인연의 씨앗까지도 그녀는 자신의 고정관념을 무기로 단호히 거절했다. 그녀는 그것을 고집이라고 표현했다. '눈이 작은 사람은 고집이 세다'라는 게 그녀의 고정관념이니까.

경대 앞에서 물러앉아, 방금 자신이 빠져 나온 이부자리를 바라보면서 그녀는 오늘의 약속을 기억해냈다. 무에 대단할 것도 없이 옆자리 동료가 시내 어느 백화점에서 보아둔 옷이 있는데 사도 좋을는지 같이 가서 결정해 달라는 일이었다. 입이 크고 웃음이 헤픈 사람은 줏대가 없다는 게 그녀의 고정관념이었다. 그 동료가 바로 그러했다.

그 따위 용무 때문에 채비를 하여 시내까지 나간다는 게 번거로웠지만 그녀는 약속을 지킬 것이 틀림없었다. 약속은 꼭 지켜야 한다는 것도 그녀의 고정관념이므로. 고정관념은 그밖에도 헤아릴 수 없이 많았다. 키가 작고 둥근 얼굴의 남자는 속이 좁고 반면 침착한 성격이다, 쌍꺼풀 남성은 호색가이며, 처음 만나 취미가 뭐냐고 묻는 치는 일백프로 정확히 비교양적이요, 입이 앞으로 튀어나온 남자는 게걸스럽고 대신 품위 없는 직종에 종사할 팔자이다, 또한 곱슬머리는 변덕이 심한 성격이고, 이재에 약삭빠른 남자는 수전노의 후계자들이며, 규범이 까다로운 직업을 가진 사람은 대단히 단순하여 대화에 한계를 느낄 뿐이다…….

이 많은 덫을 피하여 나타날 남자가 과연 있을 것인가 하고 그
녀도 때때로는 낙담하기조차 하였다. 이처럼 지루한 삶을 견디기
위해선 결혼이라는 환경변화도 나쁘진 않을 것이라 생각하는 그
녀였지만 스물아홉의 나이를 갖게 되기까지 여태도 변변한 여자
친구는 물론 데이트 상대를 구하지 못한 것도 모두 그런 때문이
었다. 다행히 위로할 수 있는 것은, 결혼이란 늦을수록 적절한 상
대를 만나게 된다, 라는 고정관념이 있다는 사실이었다.

어쨌거나 입이 커서 줏대가 없는 동료의 봄옷을 골라주기 위해
그녀는 정확을 기해 약속장소로 나갔다. 버스가 신호대기에 걸릴
경우의 오차까지도 치밀하게 계산한 까닭에, 그녀가 약속장소인
백화점 일층의 오색분수대에 도착한 것은 약속시간 이십 분 전이
었다. 동료는 물론 보이지 않았다. 게다가 동료의 시간관념이 평
점 이하라는 사실을 알고 있었기 때문에 그녀는 애써 동료를 찾
지 않았다. 분수대 앞의 상설무대에서는 한창 동요경연대회가 벌
어지고 있었으므로 사람들이 꽤 몰려 있었다. 가족끼리 나가서
동요를 부르는 대회인 모양이었다. 가사를 틀리고 낯을 붉히는
한 중년의 유난히 큰 코가 눈에 띄었다.

저렇게 코가 큰 사람은 마음이 좋긴 하지만 물러 터져서 남들
에게 당하고만 살 거야. 그녀는 코 큰 남자의 부인과 아이들을
가엾은 눈으로 쳐다보았다. 그들 가족이 물러간 뒤 사회자는 마

지막으로 한 가족만 더 모시겠다고 말하였다. 그 말이 떨어지기가 무섭게 네 살, 다섯 살 연년생으로 보이는 두 딸을 앞세운 젊은 부부가 무대에 나타났다. 남자는 우선 작은 키와 뚱뚱한 몸집이 두드러졌고 여자는 입을 다물지 못할 만큼 이빨이 앞으로 튀어나왔다.

저런, 저런. 그녀는 또 혀를 끌끌 찼다. 키가 작아서 분명 속도 옹졸할 저 남편은 딸만 낳은 마누라를 얼마나 타박하였을 것인가. 더구나 앞니가 튀어나온 사람은 성질이 급해서 남의 싫은 소리를 못 듣는데, 저 부부의 삶에 평화스런 나날이 있다면 오늘을 포함하여 일생에 겨우 며칠에 불과할 것이라고 그녀는 안타깝게 생각했다. 그녀의 생각이야 어떻거나 간에 무대의 가족들은 열심히 '퐁당 퐁당 돌을 던져라. 누나 몰래 돌을 던져라……' 하면서 발뒤꿈치로 박자를 맞추며 입을 모으고 있었다.

그리고 이어서 시상이 있었다. 간단하게 금상 은상 동상 세 팀만을 뽑았는데 마지막 가족이 은상을 받는 모양이었다. 딸 둘이 깡충깡충 뛰어나가 상품을 받는 모습을 향해 사람들이 박수를 치고 있었다. 얼마 후, 은상을 받은 그 가족이 흥분을 가라앉히지 못한 채 그녀 곁을 지나갔다. 키가 작고 뚱뚱한 남편이 말했다.

"당신, 대단하던데? 입이 튀어나온 덕분인가, 역시 노래 실력이 대단했어."

그러자 아내가 고개를 저었다.

"아니에요. 당신 작은 키 덕을 본 거예요. 마이크를 적당한 높이에 두어서 애들이랑 나랑 당신 목소리가 잘 먹혀 들어갔어요. 그리고, 요 든든한 뱃집에서 흘러나오는 바리톤은 또 어떻구요."

그러면서 그 아내는 남편의 배를 슬쩍 만졌다. 귀여운 딸들은 앞에서 재롱을 피우고 남편과 아내는 소리 높여 웃어댔다.

그녀 곁을 지난 그들 가족은 음료코너에 자리를 잡고 앉아서도 연신 즐거운 대화를 나누며 미소를 짓고 있었다. 행사가 끝난 분수 주변은 이내 한가해졌고 휴일 나들이를 나온 가족들의 모습이 군데군데에서 꽃무더기처럼 피어 있는 것이 보였다. 남편들은 대개 고수머리거나 쌍꺼풀, 큰 코나 작은 눈 중의 하나씩을 지니고 있었다. 그러나 그런 것 때문에 가족을 불행하게 만들고 있는 남편은 없는 듯이 보였다.

그녀는 문득 어이가 없어졌다. 다시 음료코너를 돌아보았다. 은상을 탄 가족들은 여태도 행복한 웃음을 멈추지 않고 있었다. 저들 부부의 일생에 평화스런 날이 고작 며칠이나 될 거냐는 그녀의 판단은 틀린 것 같았다. 고개를 갸웃거리면서, 그래도 예외는 있는 게 아니냐고 스스로를 변명하면서, 그녀는 오래도록 그들 부부를 보고 또 보았다.

그 남자의
고정관념

아침에 일어나 보니 비가 내리고 있었다. 유리창을 타고 흐르는 빗물, 젖은 길을 미끄러져 가는 자동차 소리들이 모처럼의 일요일을 포근하게 가라앉혀 주었다. 햇볕이 쏟아지고 아이들의 맑은 웃음소리가 들려오는 휴일 아침의 쨍쨍함 보다는 비에 젖은 어둑함이 그에게는 훨씬 편안했다.

몇 시인가. 머리맡의 시계를 들여다보았더니 정각 여덟 시였다. 출근을 서두르지 않아도 되는 아침의 기상시간 치고는 이른 셈이 아닌가. 그는 이부자리 속으로 파고들면서 다시 잠을 청했다. 다른 날 같으면 이미 발 디딜 틈 없는 지하철 속에서 납작하게 눌려 있을 시간이다. 지하철에서 내려선 또 어떤가. 허둥지둥 달려가며 구겨진 바지주름을 언짢아하고 짓밟힌 구두를 속상해 하겠지. 언제라도 냄새나는 노총각으로 치부되는 것을 가장 싫어하는 그였으니까. 엘리베이터에서 내리고, 사무실의 자리에 앉고, 첫 일감을 집어 드는 순간까지도 그는 지하철에서 더럽혀졌을 자신의 모양새에 신경을 썼었다.

그러나 오늘은 다르다. 비가 오고 안성맞춤으로 일요일이다. 얼마든지 늑장을 부릴 수 있고 실컷 뒹굴며 지낼 수 있는 것이다. 언제부터인가 그의 일요일은 혼자 뒹구는 게 전부가 되어 버렸다. 몇 년 전만 하더라도 친구들에게 잘라 바치는 시간이 많아서 느긋한 휴일을 보낼 수가 없었다. 그러나 점점 결혼한 친구들이 늘어나고, 마침내는 그만 남게 되었다.

무신경한 녀석들. 그는 쯧쯧 혀까지 차면서 마누라 곁에서 떨어질 줄 모르는 친구놈들을 경멸하였다. 어쩌면 그렇게도 서슴없이 여자를 고를 수 있는지, 암만 생각해도 알 수가 없었다. 그래 놓고도 하나같이 "야, 별거 있냐. 그냥저냥 자식 재미로 사는 거지." 어쩌고 하면서 지레 늙은 표정을 짓곤 하는 녀석들이다. 게다가 일요일 같은 때는 집에 묶여서 꼼짝도 못하고 술자리에서는 화장실 가는 것처럼 슬쩍 빠져나가는 놈도 부지기수다. 그가 보기엔 한결같이 신통찮은 신붓감들을 골라 놓고 히죽거리던 녀석들의 꼴이라니.

그는 새삼스레 동창 녀석들의 마누라를 떠올려 본다. 빗물이 줄줄 흘러내리는 유리창이 화면 대신이다. 먼저 경태 녀석, 경태의 부인은 약사로 약국을 열고 있어 그중 생활력이 가장 강한 셈이다. 하지만 기술 있고 머리 좋은 여자들이 대개 그렇듯 얼굴이 제멋대로이다. 어떤 결점보다도 더 지독한 것이 못생긴 여자라는 게 그의 고정관념이다. 사랑을 속삭일 상대는 아무래도 장미꽃 쪽이 호박꽃보다 나으니까.

얼굴이 예쁜 축에 끼는 것은 상호의 부인이다. 여비서 출신이니까 상냥하기도 할 것이다. 하지만 그에게는 상호 마누라도 별로 시답잖다. 얼굴만 뜯어먹고 사는 것은 아닌데 너무 개성이 없어서 도무지 대화 상대가 될 것 같지 않다. 재치 있는 화술, 다양한 상상력이 결핍된 여자에게는 향기가 없다는 게 그의 고정관념이다.

그럼 오퍼상을 하는 철균이 부인은 어떤가. 교양도 있고 인물도 그만한데 그 여자는 친정이 가난하다. 적당한 가난은 좋으나 지나치면 여자의 성품에 문제가 있다는 게 또 그의 고정관념이다. 그렇다고 형구 마누라처럼 부잣집 외동딸이 좋은 것도 아니다. 고생을 모르고 자란 여자를 마누라로 얻었다가 평생 열등감에 시달리며 살 수밖에 없다는 것 또한 그의 고정관념이었으니까.

키가 큰 여자는 부드러운 맛이 덜하고 키가 작으면 같이 다닐 때 멋쩍어서 싫고, 너무 마른 여자는 병골이라서 고생길이 될 것이며 살이 찐 여자는 순결치 않은 것 같아서 싫다. 웃음이 높으면 바가지 긁는 소리도 높을 것이고 말이 헤프면 살림도 헤플 것이 틀림없다. 머리가 좋은 여자는 콧대가 세고 둔한 여자는 사사건건 짜증을 돋울 것이다. 이 모든 것이 그가 지닌 고정관념들이다. 그래서 당연하게도 서른이 되도록 그는 총각이다. 물론 서른하나, 서른둘이 되어도 총각일 가능성이 아주 높다.

그러니 뭐가 어쨌다는 거냐. 그는 스스로의 처지를 위로해 본다. 봉사할 가족이 없으니 비오는 날 실컷 낮잠을 즐길 수도 있고 월급을 봉투째 낭비해도 뭐라 할 사람이 없잖은가 말이다. 그러다가 그는 문득 자리를 박차고 일어났다. 하마터면 잊을 뻔한 것이다. 오후 한 시에 봉천동의 김 과장 집에 돌잔치가 있는 것을 깜박 잊고 있었다. 늦게 결혼한 김 과장의 아들 돌이 오늘이었다. 하필 비오는 날에 돌잔치라니. 그는 울컥 짜증이 솟는다. 안 갈 수는 없다. 대학 선배에다 직속상관이고 처음 있는 초대인데 빠질 도리가 없다. 어쩌랴. 총각 주제에 마누라 핑계 댈 수도 없고 가긴 가야지.

그러고 보면 이 기회에 김 과장의 부인을 볼 수도 있으니 그동안의 호기심도 달랠 수 있을지 몰랐다. 총무과에서 김 과장 부인은 화제의 인물이었다. 서른셋까지 노총각으로 버티던 김 과장을

단 열흘 만에 함락시킨 장본인이었으니까. 보통 김 과장이었어야
말이지, 그야말로 문제의 남성을 삽시간에 사로잡았으니 화제의
인물이 될 만도 하였다. 대학 때도 그는 김 과장의 소문을 듣고 있
었지만 우연히 같은 직장에 근무하게 되어서 더욱 자세히 김 과
장을 알고 있는 판이었다.

　한마디로 사자 같고 표범 같던 김 과장이었다. 매사에 적극적
이고 물불 가리지 않는 성격에다가 두뇌도 우수하여 야심만만 그
자체였던 김 과장이 결혼 후는 길들인 야생동물처럼 부드럽고 원
만한 사람이 되어 가는 것을 그는 어이없이 바라보고 있는 중이
었다. 아마 대단한 여자일 것이었다. 그로서는 상상도 못할, 아니
그가 내심 그려왔던 진짜 특별한 여성일 것이다. 시도 때도 없이
으르렁거리는 공격성이 유일한 결점이었던 김 과장은 결혼 후,
거짓말처럼 치켜 올린 발톱을 거두고 나날이 성공적인 사내로 변
신하고 있잖은가. 모두가 다 그 특별한 여성, 김 과장을 열흘 만
에 함락시킨 그 대단한 여성의 덕이 아닌가 말이다. 오늘이야말
로 특별한 여자를 보게 되리라. 마침내 그는 자리를 털고 일어나
바삐 채비를 서둘렀다.

　참 이상한 일이었다. 김 과장 집에서 네 시간씩이나 머무르면
서 그의 부인을 면밀히 관찰하였지만 도무지 특별할 게 없으니
참말로 이상한 일이었다. 키도 작고 얼굴도 못생긴 편인, 게다가

세련되지도 못한 그저 보통의 여자와 다를 바가 없었다.

길거리에 십 분만 서 있으면 수백 명이라도 만날 수 있는 여자일 뿐이다. 고집도 있어 보이고 웃음도 헤픈 편이며 남이 안 보는 데선 능히 바가지도 긁어대는 여자일 게 분명했다. 그런데도 발톱 빠진 호랑이 김 과장은 마누라 앞에서 쩔쩔 매는 시늉을 하면서 연신 흐뭇해하고 있다. 저 여자가 바로 화제의 인물, 특별하고 대단한 여성이든가.

그는 몇 번씩이나 김 과장 부인을 보고 또 보았다. 그리고 또 수십 번이나 김 과장을 곁눈질하였다. 비 오는 일요일, 그는 아무리해도 알 수 없는 수수께끼 때문에 자꾸만 그들 부부를 보고 또 보고, 다시 보았다. 정말 이상한 일이었다.

나는 사람마다 세상사에 감응하는 나름대로의 주파수가 있다고 믿는 사람이다. 똑같은 일을 당해도 반응하고 받아들이고 하는 모습이 제각각인 것 역시 각자의 주파수가 상이한 까닭이다.

보통의 사람들은 세상이 보내는 어지간한 신호들쯤이야 두루 받아들일 수 있는, 별로 까다롭지 않은 주파수를 지니고 살아간다. 다소의 잡음이 끼어드는 경우도 있지만 포착해낸 신호를 해석하는 데는 크게 어려울 정도가 아닌 넉넉한 주파수.

그에 비하면 시인들의 주파수는 고감도의 기미까지 낚아채야 하는 특별한 예민함을 요구한다. 어떤 잡음도 끼어들어서는 안 된다. 시인들의 신호체계에 잡음은 금물이다. 시인들은 눈곱만큼의 잡음 하나에도 마음을 다쳐서 하루 종일 안테나를 올리고 또 올린다. 하늘 끝까지 안테나를 올리고 있는 사람들, 그들이 바로 시인들이다.

시인들은 어쨌건 처음부터 다른 주파수를 지니고 태어나는 사람들이다. 나는 그렇다고 믿는다. 그렇다고 믿기 때문에 나는 시인들의 주파수를 존중한다. 고감도만을 원하는 그들의 섬세한 감각을 존중한다.

오늘도 시인들은 어딘가 바람 부는 언덕에 서서, 바람에 머리카락을 휘날리면서, 하늘 끝까지 안테나를 올리고 있을 것이다. 바람 부는 날이면 시인을 찾아볼 일이다.

안테나를
올리는
시인들

시인의
노래

　남자 서너 명이 모이면 끼니때가 되어도 당연히 술집으로 간
다. 모인 곳이 누구의 집이라면 그 댁의 안주인은 밥상보다는 술
상을 차려내야 한다. 하물며 글동네에 살고 있는 남자들이 모였
다 하면 더 말할 필요가 없다.

　내가 보기에 술은, 그것이 비워지는 속도나 넘어가는 양으로
비교해서 소설가들보다 시인이 더 세다. 시인에게는 술 자체가
그대로 시(詩)인 경우도 드물지 않다. 시인들 중에는 아무리 마
셔도 맨송맨송한 얼굴로 앉아 있는 재미없는 취객은 한 사람도
없다. 그들은 술잔이 비워진 만큼 시적으로 술이 취한다. 시인이
끼지 않은 술자리는 내 경험에 의하면 좀 황량하다. 하다못해 시
인이 되려다 만 유사시인(類似詩人)이라도 한 사람 있어야 한다.

얼마 전에도 우리 집에서 느닷없는 술자리가 벌어졌다. 1차는 저잣거리의 대폿집이었고 2차가 우리 집으로 선정된 모양, 소설가 한 사람, 평론가 한 사람 그리고 초면의 시인 한 사람이 자정이 가까울 무렵 적당히 취해서 나타난 것이었다.

이미 가슴을 데울 만큼의 전작들이 있었으므로 잔이 몇 순배 돌기도 전에 분위기는 한껏 고조되어 갔고 그만큼이나 목소리들은 높아져 있었는데 그중에서 유독 시인만이 별다른 내색 없이 묵묵히 잔만 비웠다. 지면으로 가끔 이름만 익혔을 뿐 전혀 만난 적이 없었던 그 시인은 나이로나 문단 경력으로나 나한테는 한참 선배 되는 분이어서 나는 몹시 조심스러웠다. 행여 소홀한 구석이 있을까봐 잔이 비는 대로 채우는 일에도 주의를 하였고 소설가와 평론가 사이에서 벌어지고 있는 갑론을박에 눈치를 주기도 했었다. 허물없이 잘 지내고 있는 소설가와 평론가는 이내 내 눈치를 알아채고 좌중의 분위기를 바꾸기 위해 노래나 부르자고 제안을 하였다.

하기야 술판의 도도한 취흥을 돋우기로는 노래만한 것이 또 없는 법이었다. 원래 음치들이 남의 노래 감상하는 데는 남다른 재주가 있는 터라 나 또한 못 부르는 노래, 듣는 일만큼은 자신이 있었다. 게다가 이 시대의 술꾼들은 누구라도 불후의 명곡 하나쯤은 십팔번으로 간직하고 있게 마련이었다. 객담이나 농담이 흐드러진 뒤, 그리고 순서 없이 이것저것 문학 동네 이야기를 뒤적인 뒤에는 기필코 노래가 쏟아져 나왔다. 그런 자리가 아니면 흘러가버린, 그러나 심장 깊숙이 박혀 있는 추억의 유행가들을 어디에서 들을 수 있으랴.

노래의 시작을 우리는 시인에게서 구하고자 했었다. 그러나 시인은 점잖게 우리들의 청을 사양했다.

"술은 잘하는데 노래는 서툴러서……."

그러자 더 이상 기다릴 것도 없이 소설가의 십팔번이 터져 나왔다. 마치 입안 가득 품고 있다가 일시에 내뱉는 것처럼. 소설가는 원래 송창식 노래를 두루 섭렵하는 버릇이 있었다. 그러자니 자연 서너 곡은 잇달아서 불러야 했다. 게다가 평론가는 기다란 가곡을 선보이는 취미가 있어서 그 순서 역시 어지간히 길었다. 그렇게 시작된 노래판이 순서를 무시한 채 되는대로 합창으로 굴러갈 때까지도 시인은 넉넉한 미소만 지은 채 술잔을 비워내고 있었다.

앙코르도 받지 않고 거침없이 연달아 불러대는 유행가들, 눈을 지그시 감고 몸을 흔들며 장단을 맞추는 취객들. 말하자면 술판은 이미 파장이었다. 자욱한 담배 연기와 거의 바닥이 난 술병들을 보면서 나는 그렇게 느끼고 있었다. 거기다가 부를 수 있는 노래는 다 불러서 한 번 휩쓴 유행가가 거듭 출현하는 것 또한 파장을 예고하고 있었다. 가사를 외우고 있는 노래는 빠짐없이 불린 것이었다. 새로운 가수가 등장하지 않는 한은 술자리의 막은 내려진 것이나 다름없었다.

바로 그때, 거짓말처럼, 혜성처럼 새로운 가수가 등장한 것이었다.

"자, 이제는 내가 한 곡 부를까?"

그러면서 주섬주섬 주머니에서 노래 가사가 적힌 쪽지를 꺼내는 이는 바로 시인이었다. 여태까지 흐드러지게 불리던 온갖 노래를 감상만 하고 있던 시인이 드디어 나섰던 것이었다.

희미한 가로등 불빛 아래, 담벼락에 기대어 선 사람아…….

시인의 첫 노래는 한 번도 들어본 적이 없는 낯선 곡이었다. 그러나 감정은 풍부했고 노래 또한 한없이 절절해서 좌중을 사로잡고도 남음이 있었다.

"그리고, 이런 노래도 있는데, 들어볼래요?"

한 곡을 마친 다음 시인은 또 주머니를 뒤적거려 쪽지 한 장을 찾아냈다. 뒤지는 손길이 두서없이 움직이는 것이나 발음이 약간 불분명한 것으로 미루어 시인 역시도 만만찮게 취해 있음이 분명하였다. 시인의 두 번째 노래는 '이 강산 낙화유수'로 시작되는 흘러간 유행가였다.

세 번째 곡이 시작될 즈음, 소설가가 이제 자기 순서가 되었으

안테나를 올리는 시인들

려니 해서 나섰다가 여지없이 차단당하고 말았다.

"잠깐! 아직 노래 안 끝났어. 가만있어 보라니까."

시인은 또 주머니를 뒤져 구깃구깃한 쪽지를 꺼내었다. 실제로 그 쪽지에 노래 가사가 적혀 있는지는 모를 일이었지만 나로서는 참 기가 막힐 장면이 아닐 수 없었다. 내가 쓴 어느 단편에 바로 그런 시인을 주인공으로 한 적이 있었다. 소설 속의 시인은 주머니마다 시를 적은 구깃구깃한 종이를 넣고 다녔는데, 현실 속의 시인은 주머니에서 시 대신에 노래를 꺼내고 있는 것이 아닌가. 시인이 주머니를 뒤져 노래 한 곡을 꺼낼 때마다 나는 무릎을 치며 경탄해마지 않았다. 그 노래들은 모두 하나같이 너무나 아름다웠고 시인은 또 너무나 열심히 노래를 불렀다. 우리 모두는 입을 꼭 다물고 홀린 듯이 그를 보고만 있을 뿐이었다.

나뭇잎은 흙이 되고 나뭇잎에 덮여서 우리들 사랑이 사라진다 해도……

박인환의 '세월이 가면'을 끝으로 시인은 이미 새벽이 찾아온 거리로 나가 버렸다. 노래에 취해 있던 우리들이 뒤늦게 그를 붙잡으려 했지만 고집이 태산 같아서 도저히 어쩔 수가 없었다. 시인은 끝내 노래를 남긴 채 홀로 귀가하였다.

다음 날 아침 나는 시인의 집으로 전화를 하였다. 몹시 취한 상태였는데 홀로 귀가하게 해서 마음에 걸려 있었다.

그러나 시인은 벌써 일어나 출근채비까지 다 마친 모양이었다. 오히려 나에게 첫 대면이었는데 실수나 안 했는지 모르겠다고 염려를 하면서 이렇게 물었다.

"혹시 어젯밤 내가 노래를 부르지는 않았겠지요?"

내가 미처 대답을 하기도 전에 시인은 다시 이렇게 덧붙였다.

"술 먹고 유일하게 실수를 하는 게 있다면 노래 부르는 일입니다. 노래를 부르지 않았다면 다른 실수는 결코 안 했을 테니 안심입니다."

나는 그만 할 말을 잃었다. 시인은 역시 시인이었다.

시인의
가족

　시(詩)는 종이 위에만 쓰이는가. 그것은 꼭 자음과 모음으로만 발음되고 표기돼야만 하는 것인가.

　한때는 종이 위에 시를 쓰기도 했지만 지금에 와선 아예 생활 그 자체를 시로 만들어버리는 사람을 나는 알고 있다. 먹고, 자고, 숨 쉬고 하는 일상의 이 남루한 행위들을 향기롭게 발효시켜 모두 시로 만들어버리는 사람. 그런 친구가 있다. 아니, 엄격히 따지자면 그를 '친구'라고 호칭하는 것에는 솔직히 문제가 있다. 술좌석의 호기를 빌어서도 지기지우(知己之友)의 한계가 십 년인 판에 그는 나보다 무려 십육 년이나 먼저 태어난 사람이니 감히 친구라고 말할 수는 없는 노릇이다.

　그래서 미리 발뺌 삼아 변명하자면, 친구의 관계로 정을 쌓아

가자고 미리 말을 내고 굳이 그 고집을 지켜나간 사람은 내가 아니고 바로 그 사람이라는 사실이다. 물론 처음에 나는 완강하게 사양하고 또 사양했었다. 그러나 그는 내가 알기로 이 세상에서 가장 고집이 센 사람이었다. 나는 그를 이길 수 없었다.

그래서 우리는 친구가 되었다. 지금부터 몇 달 전의 일이었다.

그런데 도대체가, 어디서부터 그 만남을 이야기해야 좋을지 모르겠다. 그 털 빠지고 말라비틀어진 누렁이부터? 아니면, 붉은 벼슬을 치켜세우고 당당하게 나를 바라보고 서 있던 이상한 암탉부터? 그것도 아니라면 뒤뚱뒤뚱 엉덩이를 흔들며 걸어 나와 너무나 자연스럽게 마루로 올라가 마치 보초를 서듯 방문 앞에 버티고 서 있던 입 튀어나온 오리 이야기부터?

하기야 그 동물가족부터 말하지 않고 어떻게 그를 설명하리. 누렁개나, 암탉이나 보초병인 오리, 이들이 보여주는 행동이 너무나 의아해서 하염없이 그의 집 마당에 불법침입의 상태로 서 있지 않았던들 나는 그를 만나지 못했을 것이었다.

그때 나는 산책이라는 명목으로 작업실을 나와 근처의 산동네를 어슬렁거리고 있다가 끝마치지 못한 산문 원고가 마음에 걸려 따사로운 봄 햇살을 버려두고 총총 작업실로 돌아가려던 참이었다. 그러다가 사람은 없고, 사람처럼 행동하는 이상한 동물들만 보이는 외딴집을 발견한 것이었다.

나는 마치 무엇에 홀린 기분이었다. 흡사 동물의 탈을 뒤집어 쓰고 무언극을 하고 있는 연극무대에 뛰어든 느낌이었다. 내 눈 앞에서 얼쩡거리는 개나 오리나 닭이 도대체가 예사로운 개나 오리나 닭으로 보이지 않는 것이었다. 그것들은 분명 할 말이 있다는 표정과 눈빛으로 나를 보았고, 그 할 말을 몸짓으로 보여 주겠다는 듯이 내 주위를 빙빙 돌며 시위를 하였다. 그리고 용케도 그때를 맞추어서 정겹기 짝이 없는 음성 한 가닥이 내 뒤에서 들려왔다. 그였다.

"무슨 일로 오시었소?"

돌아보니 허름하나 단정한 옷차림의 아주머니 한 분이 온 얼굴 가득 미소를 띠고 서 있었다. 나는 우물쭈물 대답을 못했다. 무슨 일로 여기 서 있는지 사실은 나 스스로도 잘 모르고 있었으니까 당연한 일이었다.

그렇게 해서 나는 그와 그의 친구들을 알게 되었다. 이미 짐작하였겠지만 그의 친구들이란 바로 닭과 개와 오리였다. 그는 너무나 당연하게 동물가족을 친구라고 소개하였고, 우리가 알게 된 지 오래지 않아서 그는 기꺼이 나를 그 친구 명단에 끼워 넣겠다고 천명하였다. 내가 소설 쓰는 여자라는 사실을 알고 난 후의 일이었다. 그는 말했다.

"작가란 세상 만물하고 대화를 나누는 사람이니까 저 친구들

하고도 금세 친해질 수 있을 거야."

미리 말하자면 그의 말은 옳았었다. 나는 곧장 삐쩍 마른 누렁이와 흰순이 닭과 보초병 오리와 친해지고 말았다. 그것은 내가 세상 만물과의 대화에 능통한 작가 자질이 넘치는 사람이어서가 아니라 그가 어떻게 해야 동물들과 마음을 터놓고 사귈 수 있는지를 일일이 가르쳐 준 덕분이었다. 말하자면 이런 식이었다.

"우리 흰순이 닭은 눈치가 빨라. 내가 자기를 조금만 귀찮아해도 토라져서 하루 종일 단식 시위를 하지. 우리 집 귀염둥이 오리는 입을 만져주면 가장 좋아해. 다리를 만지면 시비를 건다고 생각하고, 누렁이는 악성피부병으로 여태 고생했는데 요새 자기 외모에 열등감이 많은 모양이야."

어쨌거나 나는 한꺼번에 친구 넷을 사귀고 나서 그 집을 방문하는 일이 잦아졌다. 잦아지다 보니 그 아주머니가 왜 외딴집에서 동물 친구들만 데리고 살아가는지 그 이유도 알게 되었다. 아주머니는 스무 살 꽃 같은 나이에 한 남자를 만나 딸을 낳았고, 딸의 아버지가 이미 다른 두 아들과 한 딸의 아버지였다는 사실을 알고 난 이후 줄곧 홀로 살아왔다. 오직 딸만을 위해서.

그 모두가 시인이 되겠다고 마음먹으며 밤마다 종이 위에 숱한 시들을 적곤 하던 아름답고도 슬픈 젊음의 시간에 일어난 일이었다. 그러나 오직 딸만을 위해서 살겠다고 마음먹었을 때 그에게 시는 곧 딸이었다. 그는 종이 위에 시를 쓰는 대신 딸의 마음에 시를 보냈다.

그 딸은 사 년 전에 남편을 따라 미국으로 떠났다. 어머니와 함께 가지 못한 것은 순전히 어머니의 고집 때문이었다. 어머니는 이제부터는 딸한테서 벗어나 편히 살겠다고 막무가내 고집을 부렸다. 딸 역시도 어머니를 이길 수 없었다.

그렇게 딸을 보낸 뒤 그는 병들어 버려졌거나 집 없어 헤매는 동물들을 거두며 살았다. 보통사람들 입장에서는 거저 줘도 싫다고 할, 한결같이 제 값을 못하는 불쌍한 짐승들이 눈에 띄면 품에 안고 돌아와 한 식구로 살았다. 꽃다운 나이에는 한 남자를 향해, 그 뒤 오랫동안은 어여쁜 딸을 위해, 그리고 이제는 구박받는 동물들을 위해 그는 살고 싶었다. 그는 자기가 사랑할 수 있는 만큼만 온전히 사랑하며 살고자 하였다.

한때는 몇십 마리까지 식구로 있었으나 건강이 안 좋아지면서 더 이상은 길거리에서 동물들을 주워올 수 없게 되었다. 딸이 보내 주는 생활비로 약값까지 감당하려면 동물 친구들의 생계가 막막해지는 탓도 있었다.

그래서 다른 집에 가더라도 천대받지 않고 제 구실을 다할 건강한 동물들은 하나씩 둘씩 떠나보냈다. 자기가 아니면 어느 곳에서도 사랑받지 못할 동물만 고르고 골라 자기 곁에 두었다. 자기가 사랑할 수 있을 만큼만 온전히, 나를 위한 사랑이 아니라 상대를 염려하는 사랑으로 지킬 수 있기만을 소망하며 살고자 하는 그의 깊은 마음 때문이었다.

결국은 얼마 전에 죽은, 다리 저는 검둥이 개 한 마리와 지금의 세 친구만 그의 곁에 남게 되었다. 피부병으로 고생하는 누렁이와 너무 늙어 알도 낳지 못하는 암탉과 미운 오리새끼 한 마리, 그리고 하루에 다섯 번 약을 먹어야 하는 내 열여섯 살 위의 친구 한 사람, 이것이 그 외딴집의 현재 가족상황인 것이었다.

"나갔다 돌아오면 우리 흰순이가 날개를 펴고 쫓아와 안기지. 그러면 누렁이는 슬며시 다가와서 내 발등에 대고 코를 막 부비는 거야. 오리는 어디 가만히 있나. 꽥꽥 떠들면서 내 주위를 빙빙 돌고 난리야. 이것들이 모두 내 말을 알아들어서 야단을 치면 침울해 하고 칭찬을 좀 하면 신이 나서 노래를 부르는데, 개와 닭과 오리의 삼중창이 시작되면 눈물이 날 만큼 행복해."

종종 이런 말로 내 질투심을 자극하는 나이 많은 내 친구. 밤이 되면 누렁이는 마당에서, 오리는 방문 앞에서, 흰순이 닭은 방 윗목에서 밤새 자기를 지켜 준다고 말해서 내 입을 못 다물게 하는 내 친구. 날이면 날마다 금빛 은빛 반짝이는 아름다운 시들을 한 아름씩 쏟아내고 있으면서도 시침 뚝 떼는 내 시인 친구. 그런 그가 엊그제는 나한테 이런 말을 해 지금까지 사흘 동안 나를 기막히게 만들고 있는 것이었다.

　"내가 저애들한테 당신이 쓴 소설 한 편을 다 읽어 주었는데 글쎄, 흰순이 암탉은 눈물까지 흘리면서 감동하지 뭐야. 누렁이 하고 오리도 숨소리를 죽이고 침을 삼켜가며 열심히 듣더라고."

시인의
장롱

시인은 가난하다.

이렇게 말하면 반박하고 항의할 사람도 물론 있겠지만, 내가 알고 있는 시인의 대다수는 정말 그렇다. 특히나 따로 직장을 구하지 않고 시만 쓰고 있는 시인은 분명 가난하다. 그것이 이 사회의 엄연한 현실이다.

거기다가 하나 덧붙이자면, 묘하게도 진짜 시인들은 규칙과 테두리로 묶어놓는 직장생활에 전혀 길들여지지 않는 체질을 갖고 있다. 그래서 결국은 튕겨 나와 시만 쓰게 되고, 이 특수 체질 때문에 시인은 또한 가난하다.

지금부터 이야기하고자 하는 시인도 바로 그런 사람들 중의 하나이다. 나는 그를 그냥 '시인'이라고 부른다. 물론 번듯한 이름도

안테나를 올리는 시인들

있고 흔하게 통용되는 별칭도 있지만 나는 항상 그를 부르거나 호칭할 때 '시인'이라고 부른다. 그것 이상 그에게 어울리는 이름은 없다는 게 내 생각이니까.

시인은 군대에 다녀온 뒤 모두 여섯 곳의 직장에 소개되었다. 여섯 군데 직장에 근무한 기간은 통틀어 반년이 채 못 된다. 어눌하게 계산해도 그는 평균 한 직장에 한 달 정도 다녔다는 이야기가 된다.

그리고 그는 현재 무직이다. 아니, 시인도 직업이니까 현재 시인으로 살고 있다. 그렇다고 인기 시인도 아니고 당연히 원고 청탁이 밀려 있는 형편도 아니다. 나는 아주 가끔씩, 잊을 만하면 한 번씩 발표된 그의 시를 읽을 수 있다. 그래도 그는 시인이다.

시인은 미남도 아니며 체격도 좋은 편이 아니다. 슬픈 듯한 눈빛과 앙상한 체격이 시인의 매력이라면 매력이다. 그는 아무것도 가진 것이 없다. 그는 결혼한 누이 집에 얹혀살고 있었으며 그의 부모는 시골에서 농사를 짓고 있지만 장성한 아들을 도울 여력은 전혀 없다.

시인도 결혼을 한다. 따라서 그 역시도 결혼이라는 것을 하게 되었다. 아내 될 여자를 고른 것도 매우 시적이다. 길에서 문득 마주쳐, 문득 사랑하게 되었고, 문득 결혼을 꿈꾸게 되었다고 하였다. 결혼 날짜를 잡고 난 직후 시인은 나한테 전화를 걸어와 이렇게 말하였다.

"선배님, 방 하나만 있으면 되잖아요? 이부자리 한 채, 밥 그릇 두 개만 있으면 살잖아요?"

그러나 방 한 칸 구하기가 쉽지 않다는 것도 시인은 알고 있는 모양이었다.

"어쨌든 탈탈 털어서, 있는 대로 모두 긁으면 방 하나야 못 구하겠어요?"

나한테 말한 대로 시인은 신부 될 여자에게도 그렇게 말을 한 듯싶었다. 다른 것은, 예물이나 예복은 못 해주어도 같이 살 방만 큼은 책임지겠노라고. 나 역시 설마 단칸방 하나야 구할 능력이 있으려니 믿었다.

그러나 그 뒤에 전개되는 이야기는 영 다른 것이었다. 그러니까 신혼살림에 있어서 방은, 이때의 방이라 하는 것은 그냥 단순한 방이 아니었다. 그 방은 우리가 '방'이라 부를 때의 저 그윽한 평화로움을 안겨주어야 하는 공간이다.

시인은 몇 푼 안 되는 돈으로 평화가 깃든 방을 구하러 다니다가 노상 실망과 좌절만 껴안은 모양이었다. 어떤 방이든 제대로의 규격을 갖춘 꼴이라면 일정한 액수의 돈을 요구하기 마련이었다. 그 일정 액수에는 턱없이 모자란 돈이니까 문제가 심각하였다. 암담한 현실이었다.

그래서 시인은 금반지라도 해줄 요량으로 챙겼던 비용까지, 형제나 부모들이 도와준 미미한 격려금까지 모두 방값으로 쏟아 부을 작정이었지만 그래도 어림없기는 매한가지였다.

　　"이럴 수가 있어요? 방이 없어요. 두 사람 들어갈 방이 없으니 어떻게 해요?"

　　시인의 하소연을 듣고 내가 묘책이랍시고 충고한 대답은 이러했다.

　　"그러니까 시인 혼자 다녀봐요. 신부랑 같이 다니면 보통의 신혼방만 보게 될 테고, 그러면 돈을 맞출 수 없잖아. 혼자 다니면 과감하게 악조건의 방이래도 구해진다니까. 방에 맞추면 안 돼. 돈에 맞추어야지."

　　내 충고가 시인에게 먹혀든 것을 알게 된 것은 그 후 사흘이 지나서였다.

　　"구했어요. 돈에 맞추었더니 정말 구해지데요. 지하도 아니고 땅 위도 아니고, 뭐 그런 방이지만 있을 것은 다 있어요, 훌륭해요. 누이가 그러는데 그만하면 가격도 싼 편이래요."

　　시인의 설명을 요약하자면 아마 반지하의 단칸방인 모양이었다. 시인에게 반쯤 땅속으로 들어가 살라는 것은 잔인했지만 그래도 완전 지하실 방이 아닌 것은 꽤 위로가 되었다. 그리고 또 며칠이 지났다. 그러니까 결혼식을 열흘쯤 앞두고서였다. 시인에게

서 전화가 왔다.

"문제가 생겼어요."

"무슨 문제? 방은 구했는데 또 무슨 일이 생겼지요?"

"글쎄, 장롱이 안 들어가요."

나는 속으로 아차, 했다. 아는 사람은 다 알겠지만, 나 또한 결혼 초에 이삿짐 꾸릴 때마다 실컷 당했지만, 신부의 혼수로 마련되어 오는 장롱이 방 푼수에 맞지 않아 시련을 자초하는 경우는 많았다. 시인이 당장 거기에 걸려버린 모양이었다.

시인이 풀 죽은 음성으로 보고하는 내용을 들으니 이것은 시련 정도가 아니라 숫제 절망 이상이었다. 시인이 구한 방은 출입문부터가 규격 이하로 폭이 좁았다. 그런데 신부가 사놓은 장롱은 보통규격 이상의 크기였다.

하지만 전에 살던 이들도 장롱을 넣었다는 이야기를 듣고 시인은 만용을 부렸다. 출입문의 아래쪽 콘크리트를 일꾼과 함께 깨어 부순 것도 조금만 틈을 확보하면 넣을 수 있을 것 같아서였다. 아주 조금, 그러니까 1센티미터만 여유가 있으면 들어갈 것 같으니 포기가 쉽지 않았던 것이 문제였다.

그러나 역시 무리였다. 아예 출입문 자체를 뜯어내고 콘크리트 기둥을 쳐내기 전에는 장롱이 안으로 들어갈 수 없다는 결론을 얻고 난 뒤, 장롱을 살펴보니 이미 이곳저곳에 흠집이 생겨버린 채였다.

"방은 작지 않았어요. 장롱은 실컷 들어갈 수 있었어요. 하지만 반지하실 방이라 문이 워낙 좁더라고요. 그러나 어쩌겠어요, 장롱 값도 다 치렀고 흠집이 생겨 바꿀 수도 없고……."

"세상에……."

"이제 어떻게 해야 할지 나도 모르겠어요. 지금 장롱은 마당에 그냥 있어요."

"저런……."

나는 말을 잇지 못하였다. 마당에 덩그러니 놓였을 새 장롱을 떠올리니까 더욱 할 말이 없었다.

그 뒤로는 장롱 소식을 더 이상은 듣지 못하였다. 결혼식 때도 그들 부부는 장롱 사건을 잊은 듯 행복해 보였고 나 또한 시인의 절망스런 기억을 되살리고 싶지 않아 묻지 않았다.

그 장롱이 어디에 있는지, 어떻게 처리되었는지 알게 된 것은 내가 그들 부부의 초대를 받아 신혼방에 직접 가보고 나서였다.

물론 신혼방에 장롱은 없었다. 대신 장롱이 있어야 할 자리에, 그쪽의 비어 있는 벽에 작고 앙증맞은 액자가 하나 걸려 있었다.

"저 액자가 무엇인 줄 아세요? 장롱 보관증이에요. 가구점에 보관시켰거든요. 저 액자를 보면서 저기 우리 장롱이 있구나 생각하면 그래도 마음이 편해요."

시인의 아내가 내게 들려 준, 그 희한한 액자에 관한 담담한 설명이었다.

하긴, 시가 별거인가? 저 장롱 보관증도 가만 보면 한 편의 훌륭한 시라고 나는 생각했다. 단순명료하지만 또한 많이 쓸쓸해서 읽으면 읽을수록 먹먹해지는 그런 시……

제아무리 이야기 가닥이 많고 기둥 줄거리가 탄탄한 소설이라 해도 그
것의 시작은 미미한 징후, 한 순간의 분위기에서부터 일구어진다. 현
실의 그 미미한 징후와 찰나의 느낌은 마음속으로 들어와 오래도록 기
척을 내며 꿈틀거린다.

나는 가만히 기다린다. 마음속에 터를 잡은 그것들이 저희들끼리 부
딪치며 반죽이 되고 이스트 넣은 밀가루처럼 부풀어 오르기를, 그리
하여 나를 충동질하기를.

여기 모인 이야기들은 말하자면 미미한 징후에서 하나의 소설로 가
는 중간에 놓여 있다. 나는 이 몇 개의 삽화들에서 이 시대의 가슴 저
린 풍경을 읽어냈다. 삶과 욕망과 역사, 그리고 사람의 그림자들…….

그리고 나는 이 풍경들을 딛고 건너, 장편소설 『희망』을 썼다. 쓰기
는 내가 썼지만 책으로 나온 뒤 되돌아와 나를 아주 많이 가르친 소
설 『희망』을.

여기 놓인 글들은 그러니까 장편소설 『희망』의 밑그림이고, 동시에 채
색을 기다리는 우리 삶의 스케치들인 셈이다. 아직도 할 이야기가 많
이 남은…….

꽃 지는
누이

꽃 지는
누이

점심때가 되면 나는 어슬렁거리며 작업실을 나온다. 누구 말대로 다 먹고 살자고 하는 짓이므로 끼니를 거를 수는 없다. 작업실을 서울로 옮긴 후 점심 하나는 제대로 찾아먹고 있는 셈인데 이건 모두 식욕 왕성한 남자 고등학생들 덕분이라고 해야 옳다.

내 작업실의 책상에 앉으면 남학교의 시끌벅적한 운동장이 내려다보인다. 체육시간이 아니더라도 그 운동장은 비어 있을 틈이 없다. 언제라도 소리를 내지르며 공차기에 여념이 없는 학생들은 걸핏하면 웃통도 벗어부치고 뛴다.

그 운동장이 잠시, 아주 잠깐 조용한 때가 있다. 그래봤자 대략 십 분 정도인데 한참 일을 하다가 문득 조용해져서 살펴보면 점심시간인 것이었다.

운동장은 비어 있는 대신 교실을 바라보면 이것 또한 한없이 재미있다. 너나 할 것 없이 도시락에 얼굴을 묻고 열심히 씹고 있는 모습들, 어떤 아이는 창틀에 걸터앉아서, 또 어떤 아이는 도시락을 들고 돌아다니면서 한쪽 볼이 미어지도록 밥과 반찬을 주워 넣는다.

이러면 나는 또 슬그머니 입안에 군침이 돌기 시작한다. 김치, 장아찌, 달걀부침 따위의 도시락 반찬 냄새가 술술 풍겨오는 듯한 착각에 빠지기도 한다. 내가 학생이었던 때 어머니가 챙겨 주던 도시락도 환히 떠오르고 쉬는 시간 몰래 한 젓가락씩 맛만 보던 그 시절이 그립기도 해서 나는 멍하니 교실 풍경을 바라보는 것이다.

이 그리움의 식욕을 껴안고 나는 작업실을 나온다. 나도 저들처럼 장아찌 반찬에 우적우적 밥을 씹고 싶다고 생각한다(하지만 저 교실의 숱한 도시락 반찬 중에 과연 장아찌가 있기나 할는지 그것은 의문이다).

그러나 이 식욕이란 게 순전히 그리움에 기대어 있는 탓에 마땅한 식당을 찾는 일은 몹시 어렵다. 머릿속에 떠오르는 곳마다 일일이 가위표를 하고 나면 몇 발자국 걷기도 전에 나는 그만 갈 곳을 모르게 된다. 내가 먹고 싶은 것을 정확히 찾아 먹으려면 기차를 타고 친정으로 가야 한다는 것을 모르지 않으므로 나는 한

번 더 타향살이의 쓸쓸함에 젖기도 한다.

그런저런 까닭에 이것저것 다 포기하고 온전히 요기만을 위해서 나는 종종 라면집으로 간다. 그곳에서는 갖가지 튀김과 떡볶이, 라면만을 내놓는다. 물론 내부 풍경도 한심하다. 지저분한 바닥과 활발한 파리떼들을 감수해야 한다. 한 가지 좋은 점이 있다면 젊은 아주머니의 명랑한 얼굴이었다. 그녀는 결코 얼굴을 찌푸리는 법 없이 환히 웃으며 음식 수발을 하는데, 대형음식점의 기계적인 응대와는 전적으로 질이 다르다. 그녀한테는 한 명의 손님이라도 더없이 귀중하고 살갑다. 나는 단돈 일천 원에 라면 한 그릇을 먹으면서도 시종일관 따뜻한 대접을 받는 것이다.

그곳에서 아주 가끔 만나는 처녀가 한 사람 있다. 처녀라고 하기에는 너무도 어려 보이는 몸매와 얼굴임에도 나는 그를 처녀라고 생각해야 한다. 왜냐하면 그녀 자신이 얼굴에 진한 화장을 한 채 나이 먹은 시늉을 내고 있기 때문이었다. 정확하게 얼굴 부위에만 진하게 덧칠한 파운데이션, 그래서 파리한 목과 너무나 뚜렷하게 구별되어 흰 가면을 쓴 듯한 그녀의 모습은 언제 보아도 애달팠다. 살이라곤 한 점도 붙지 않은 가냘픈 몸매와 표정을 알 수 없는 가면 속의 얼굴.

가게에 처녀가 들어오면 튀김 기름을 데우거나 라면을 끓이던 주인아줌마가 깜짝 반색을 했다.

"에구, 또 밤샘을 했어?"

그래도 처녀는 대답조차 하지 않고 묵묵히 접시를 챙겨, 먹고 싶은 튀김들을 집어 담기 시작한다. 주인아줌마는 처녀가 담고 있는 튀김이 몇 개인지 헤아려 볼 생각은 전혀 하지 않고 하던 일을 계속하며 또 묻는다.

"아침에 먹던 된장국 있는데 국물 좀 줄까?"

처녀는 기운 없이 고개를 젓는다.

"쯧쯧. 어린애처럼 맨날 튀김만 먹고. 그걸로 배를 어찌 채워. 라면 한 그릇 뚝딱 먹으면 요기가 될 텐데."

처녀는 대꾸하기 귀찮다는 듯 묵묵히 튀김만 썹는다. 가끔씩 옆자리의 나를 흘낏 노려보기도 하는데 그럴 때라도 표정은 전혀 없다. 처녀는 대개 팔백 원에서 일천 원 정도의 튀김값을 치르고 나갔다. 어떤 날은 돈을 내다 말고 선 채로 설탕에 졸인 고구마 조각 하나를 입에 넣기도 한다. 손가락에 묻은 설탕물을 쪽쪽 빨아 먹으며 나가는 모습은 영락없이 어린 소녀일 뿐이다.

처녀가 나가면 주인 여자가 꼭 하는 혼잣말이 있다.

"에구, 저건 피기도 전에 시드네, 피기도 전에 시들어. 지 몸뚱이 갉아먹으며 돈 벌면 뭐해. 돈 쓰지도 못하고 죽으면 저만 손해지."

어느 날인가는 이런 군소리도 덧붙였다.

"말하기도 끔찍하지. 영계가 좋다나, 밤새도록 방방에서 저것만 불러댄다니……."

나는 그만 말문이 막힌다. 내가 주인 여자의 혼잣말을 다 새겨듣고도 모른 체하는 까닭은 말문이 막혀버리는 데에 있었다. 나는 주인아줌마에게 처녀가 무슨 일을 하는지, 몇 살인지 한 번도 묻지 않았다. 세상엔 묻지 않아야 될 일도 있는 법이었다. 게다가 묻고 싶지 않은 일도 종종 생기는 법이었다.

요즘도 나는 가끔씩 라면집에 간다. 라면이 질리면 튀김을 먹기도 한다. 조금 있으면 국수도 한다니 아무래도 이 집에서 점심을 때울 때가 많을 듯싶다. 텅 빈 운동장과 교실 안의 도시락들, 덕분에 부풀어 오르는 그리움의 식욕한테는 그 라면집만큼 적절한 곳도 없으리라는 생각이 들기도 한다. 교복에 단발머리였던 시절에 나 또한 튀김과 라면과 국수를 잘 먹었다.

그리고 하나 더, 그 라면집엔 우리들 과거 속의 애달픈 누이가 아직껏, 조금도 자라지 않은 채, 그 모습 그대로 튀김을 먹고 있으니까.

모란봉에
기대어

　사람이 거처를 정할 때는 뭔가 하나쯤 기대는 것이 있기 마련
이다. 특히나 도시의 살림살이처럼 삭막하고 경제적으로 옴짝달
싹도 못할 처지에 가까스로 집을 구해야 하는 경우라면 의지 삼
을 무엇이야말로 매일매일의 숨구멍에 다름 아닐 것이다.

　그런 의미에서 내가 집을 옮길 때마다 은밀히 모색하고 기댔던
것은 바로 산이었다. 비록 다른 무엇에 우선해서 집값을 따져 거
처를 정해야 하는 비애가 있다 하더라도 거기에 산이 있다면 비
애를 상쇄하고도 남을 가치가 있다고 나는 믿었다.

　십여 년 전, 서울을 떠나 부천으로 갔을 때도 집을 정하는 데 큰
역할을 했던 원미산이 있었다. 원미동을 떠나 다시 서울로 옮겨
앉은 지금의 집도 북한산을 등에 업고, 앞으로는 북악의 줄기를

내다보는 자리에 있다. 멀리는 남산 타워까지도 환히 보이는데 이 행운은 같은 연립주택의 다른 집들은 미처 누리지 못하는 것이기도 하였다. 맨 앞에 자리 잡고 게다가 요행 전망이 뚫려 있는 집을 구한 덕분이었다. 거실에서 내다볼 수 있는 이 산자락의 비경 때문에 나는 언덕배기를 올라야 하는 것이나 비좁은 공간 따위의 세세한 것들에 한 번도 불만을 해본 적이 없었다.

그런데 우리 가족 말고 우리 집의 탁 트인 전망에 마음을 빼앗긴 이가 한 사람 더 있었다. 바로 뒷동에 사는 할머니 한 분이었다. 집에 노모가 계신 까닭에 처음에는 그저 노모의 말벗인 줄 알았는데 오기만 하면 거실 유리창 앞에 딱 붙어서서 하염없이 저 멀리만 쳐다보다 몇 마디 나누지도 않고 돌아가곤 하는 게 남달랐다. 어떤 날은 하루에 두 차례씩도 찾아왔지만 그 잦은 발걸음도 모두 바깥구경을 위한 것인 듯 매양 똑같은 모습이었다.

그러나 얼마 가지 않아 팔순이 가까운 할머니가 그토록이나 전망에 탐닉했던 이유를 짐작할 수 있게 되었다. 어느 날 바깥에 볼일이 있어 나갔다 들어오니 그 할머니가 계셨다. 할머니는 나를 보자 갑자기 거실 창밖의 북악 줄기를 가리키며 "저거이 모란봉이라니까 댁의 어머니가 자꾸 아니라고 우기지 뭐이가." 하면서 화가 난 목소리로 외쳤다.

"저 할마씨가 노망이 났는갑다. 지난번에도 그카더니 오늘도 기어이 모란봉이라고 고집을 부리니, 원."

어머니는 친구한테 눈을 흘기고, 할머니는 답답하다는 듯이 부르짖었다.

"저기가 모란봉이고, 저쪽으로 멀리 뵈는 거이 을밀대라니깐. 을밀대서 보면 평양 시내가 환히 뵈고 구비구비 대동강 줄기도 다 볼 수 있대는데두 기레."

"여기가 어데라카노? 여긴 평양이 아이고 서울이다. 평양은 북에 있고."

그 할머니의 고향이 평양이라는 것을 알고 있는 어머니는 자꾸 친구의 착각을 고쳐보려고 애를 쓰셨다. 할머니가 틈만 나면 우리 집에 찾아오곤 했던 까닭이 오직 모란봉을 보겠다는 일념이었던 것은 그 후 할머니의 며느리한테서도 확인할 수 있었다. 할머니는 자기 아들한테도 우리 집에 오면 모란봉이 훤히 보인다는 말을 몇 번이나 했다는 것이었다.

"작년부터 정신이 오락가락 하셔요. 그것도 꼭 당신 고향하고 관련된 기억만 헷갈리시나 봐요. 평양에 친정 식구들이랑 큰아들을 두고 월남하셨거든요."

그러나 그 뒤 평양할머니의 우리 집 걸음은 다소 뜸해졌다. 당신은 모란봉이라는 것을 자꾸 아니라고 그러니 화가 난 듯싶다는 것이 우리 어머니의 풀이였다. 그리고 그 얼마 뒤에 뜻밖의 사고가 생기고 말았다. 평양할머니가 집을 나가버린 것이었다.

"그 집 며느리는 우리 집에 놀러간 줄 알고 밤이 될 때까지 찾을 생각도 안 했다 카더라. 요샌 우리 집에 좀체 오지도 않는 양반인데 말이다."

어머니는 걱정이 되어 연신 그 집에 소식을 물었고 스피커에서는 밤이 깊도록 평양할머니의 인상착의를 알리고 협조를 구하는 자체방송이 흘러나왔다. 하지만 그 밤에 할머니는 집에 돌아오지 않았고 다음 날도 영 소식이 없었다.

"아들 며느리가 억시기 효자라서 집나갈 이유가 없다카이. 필경 멀리 나갔다가 길을 잃어뿌린 게 분명하대이. 안 그러고서야 이틀씩이나 감감무소식일 수 있나."

어머니의 탄식도 이틀 동안 끊임없이 흘러나왔다. 그리고 사흘째 되는 날, 마침내 할머니를 찾았다는 소식이 들려왔다. 어머니는 단걸음에 평양할머니 집으로 달려갔다.

"희한한 일이제. 엉뚱한 동네 파출소에서 연락이 와서 찾았다 카더라. 이 할마씨가 지가 사는 동네 이름은 대주지 않고 자꾸만 모란봉 밑에 집이 있다는 말만 해싸니까 경찰도 우째 해볼 도리가 없었던 기라."

이틀 사이에 아주 상거지 꼴이 되어서 돌아왔다는 평양할머니 이야기를 하다 말고 어머니는 눈가에 비죽이 고인 물줄기를 훔쳤다.

"까짓 것, 그래 저기 모란봉이믄 어떻고 한강물을 보고 대동강이라믄 또 누가 뭐라카겠노. 인자는 나도 저거를 모란봉이라고 해주지 뭐."

사실은 진작부터 나도 어머니에게 그 말을 하고 싶었다. 실제로 평양할머니는 저기 모란봉이 보이는 집에서 살고 있어야 할 분이었다. 현실은 캄캄절벽으로 당신의 귀향을 가로막고 있지만, 간절히 소망하는 그 마음은 언제 어디서라도 고향 산천을 만날 수 있게 만들었지 않은가. 모란봉이라도 가슴에 품고 있지 않았다면, 그랬다면, 이 삶이 얼마나 스산했을까.

보이지 않는 봉우리 하나를 마음으로 보아 내며 견디는 평양할머니에게서 나는 나보다 더 오래, 차마 셀 수 없이 많은 시간 동안 어쩔 수 없이 산봉우리 하나에 기대어 목숨을 일구어 온 이 땅의 질긴 뿌리 하나를 본다.

세 번
울기

어릴 때 내 별명은 '황소울보'였다. 이 말은 '황소 눈'과 '울보'를
합한 것이다. 말 그대로 황소 눈처럼 유독 눈이 큰 꼬마가 걸핏하
면 그 큰 눈 가득 철철 넘치도록 눈물을 만들어 낸다고 오빠들이
지어준 별명이었다.

그때는 참 울 일이 많았다. 슬픈 만화를 보며 울었고, 친구가 눈
을 흘기기만 해도 비죽비죽 울었다. 깊은 밤, 무서운 꿈을 꾸다 잠
이 깨어서 이불을 뒤집어쓰고 먼동이 틀 때까지 울어댄 일도 있
었다. 그러다가 어른이 되었다. 어른이 되면서 점점 그토록 왕성
했던 눈물샘은 말라갔고 눈물로 대처하기엔 세상살이 자체가 너
무 냉정하다는 것도 차츰 깨닫기 시작했다. 요즘 같은 세상에서
살아남으려면 황소울보 따윈 일찌감치 버리고 적어도 황소뚝심

정도는 지니고 있어야 하는 것이었다.

아무리 그래도 눈물이 너무 없는 사람을 만나면 왠지 정이 들지 않는다. 눈물 한 방울쯤 얼마든지 흘릴 수 있는 일을 목격하고도 맹숭맹숭한 사람을 보면 금속인간인 것 같아서 다시 쳐다보게 된다. 눈물 흘릴 일이 전혀 없는 세상은 삭막하다.

특히 감동의 눈물이 생산되지 않는 세상은 정말이지 암흑이다. 그런 암흑에서는 살고 싶지 않다.

최근 들어 나는 세 번 울었다. 물론 감동의 눈물을 말하는 것이다. 그리고 보면 이 세상은 아직 캄캄한 절망으로만 채워진 사회는 아니다. 나는 이 세 번의 눈물을 통해서 내가 발 딛고 서 있는 이 땅의 희망을 맛보았다. 그래서 나는 이 눈물들이 울기 좋아하는 '황소울보'의 싱거운 눈물에 불과한 것인지 아닌지를 확인받기 위해서 그 세 번의 경험을 설명할 작정으로 있다. 이 이야기들을 들으면서 여러분들의 눈자위가 시큰하기만 해도 나는 성공이다. 이 나이가 되도록 여전히 시도 때도 없이 우는 공연한 '황소울보'로 남아 있다면 내 삶은 실패니까.

그 첫 번째

이건 아주 작은 일에 불과한 것이다. 게다가 나를 울린 존재도 이제 초등학교 3학년인 아주 작은 사내아이였다. 그 아이는 얼마

전부터 우리 집에서 일을 도와주고 있는 아주머니의 외동아들이었는데 나는 아직 꼬마의 얼굴도 본 적이 없었다. 아주머니는 남의 집에 일 다녀본 경험이 한 번도 없는 사람이었다. 그런대로 남부러울 것 없이 살다가 남편의 사업이 갑자기 기우는 바람에 지난 일 년 사이 평생에 걸쳐서 겪어야 할 고초를 한꺼번에 다 경험해 보았다는 사람이었다.

일을 다니기 시작하면서 가장 마음에 걸렸던 것은 아들이라고 아주머니는 말했다. 아들이 부끄러워할까 봐 어떻게 말을 해야 할까 많이 망설였는데 의외로 당당하게 받아들여 줘서 너무 고마웠다는 말도 아주머니한테서 들은 적이 있다. 그만하면 꽤 속이 깊은 아이라고 나는 생각했었다. 그리고 어느 비오는 날, 나는 그 어린 꼬마 때문에 한 방울의 눈물을 흘렸다.

아마 토요일이었을 것이다. 일을 마친 아주머니가 돌아가고 얼마 되지 않아서 느닷없는 소나기가 퍼붓기 시작했다. 별안간 하늘이 캄캄해지고 먼 곳에서 번개까지 번쩍거리는 것으로 보아 비는 한바탕 기승을 부릴 기세였다. 우산 준비 없이 나간 사람들은 흠뻑 옷 적시기 딱 알맞은 날씨였다. 그때 전화벨이 울렸다. 뜻밖에 아주머니의 아들이었다.

"저, 일하는 아주머니 가셨어요?"

어리디어린 목소리로 아이는 그렇게 물었다. 나는 이 꼬마가 혼자 엄마를 기다리다 지쳐서 전화를 하고 있다고 생각했다. 그래서 조금만 기다리면 엄마가 도착한다고 대답해 줬다.

그랬더니 꼬마는 정확히 몇 시쯤에 갔냐고 다시 되묻는 것이었다. 나는 집에 무슨 일이 생겼느냐고 물었다.

"아니에요. 엄마가 우산을 안 가지고 가셨거든요. 지금 우산 들고 버스정류소에 나가서 기다리려고요."

아직 응석이 남아 있는 그 목소리로, 비가 오거나 말거나 텔레비전의 만화영화나 보고 있을 만한 그 연약한 목소리로, 비 맞을 어머니를 걱정하는 어린 아들 때문에 나는 그다음 말을 잇지 못하였다. 목이 메어서.

그 두 번째

얼마 전 나는 평소에 잘 알고 지내는 잡지사 기자의 결혼식에 다녀왔다. 서른이 넘었으니 노총각이라고 부를 만한 나이인데도 장가갈 생각을 하지 않던 사람이어서 나는 아주 반갑게 그 결혼식에 참석을 했다. 성격도 활발하고, 인물도 그만하면 훤칠하고, 더욱이 알뜰하기까지 해서 경기도 어디에 작은 아파트를 마련해 놓고 있는 것을 잘 아는 나는 이 친구가 어지간히 신붓감을 고르다가 이제야 조건에 맞는 신붓감을 만난 모양이라고 지레 짐작을 했었다.

그럴 만도 한 것이 신랑의 직장이 대우 좋기로 소문난 탄탄한 회사인 데다 직업상 화려하고 빼어난 미녀 스타들만 만나고 다니는 기자인지라 자연 눈이 높아질 수밖에 없는 탓이었다. 하지만 그런 나의 짐작들은 송두리째 어긋나는 것이었다.

내가 결혼식장에 도착했을 때는 이미 신랑 입장이 있은 뒤였다. 그리고 곧 이어서 싱글벙글 웃고 서 있는 신랑을 향한 신부 입장이 있었다. 어느 결혼식장이나 다 그렇듯이 그곳에서는 신부가 꽃 중의 꽃인 법이었다.

나는 목을 빼고 모습을 드러낸 신부를 쳐다보았다. 누군가 옆에서 8년 동안 열애를 하다가 이제야 가족의 허락을 받아 식을 올리는 것이라고 설명을 해줬지만, 그때까지도 나는 8년이나 허락이 떨어지지 않은 이유를 전혀 모르고 있었다. 그리고 바로 다음 순간 그 이유를 알았다. 신부의 양 어깨 밑에 끼어 있는 한 쌍의 목발을 보고서였다.

그 아름다운 결혼식이 진행되는 동안 나는 내내 싱글벙글 웃고 있는 신랑의 흰 이빨을 보고 있었다. 저렇게 웃는 것을 보니 첫딸을 낳을 것이 틀림없다는 하객들의 농담을 들을 때까지도 나는 잘 참았었다. 그러다가 어느 순간 슬그머니 눈이 매워져서 뒤로 돌아섰다.

나는 그날 결혼식이 미처 끝나기도 전에 집으로 돌아왔다. 주

체할 수 없는 '황소울보'가 되어 그 아름다운 결혼식에 행여 누가 될까봐.

그 세 번째

이 세 번째 눈물은 엊그제 텔레비전을 보면서 흘린 것이다. 서울 근교 어딘가에서 사랑의 쉼터를 마련해 놓고 결손가정의 어린이들을 돌보는 부부의 이야기를 취재한 아침 방송이었다.

엄연히 부모가 있지만 그 부모들이 제대로 양육시킬 수 없어 거리를 떠도는 아이들, 부모가 있다는 이유로 사회복지시설에 들어갈 수도 없는 그런 아이들, 이 막막한 아이들 열 몇 명을 젊은 부부가 떠맡은 것이다. 부부는 제대로의 거처도 마련할 길이 없어 천막과 비닐로 얼기설기 얽어놓은 어설픈 집에서 찬바람을 오직 사랑 하나로 녹여가면서 이 아이들의 아버지 어머니가 되어주고 있었다.

솔직히 말하자면 이 정도만 해도 내게는 이미 울 이유가 충분히 갖추어진 셈이었다. 이 삭막한 세상에 스스로를 헌신하여 불우한 이웃을 돌보는 건강한 정신들을 만나는 일은 언제라도 감동적이니까. 문제는 어느 순간에 우느냐, 하는 것만 남아 있었다고나 할까.

그럴만한 순간이야 많았다. 술 취한 아버지의 매질을 견디다

못해 집을 나왔다는 사내아이의 주눅 든 얼굴, 목 부근이 썰렁한 스웨터 차림으로 해바라기를 하고 서 있는 대여섯 살짜리 여자아이의 맑고 동그란 눈, 제발 도망치지 말고 이곳에서 맘 잡고 살아주는 것이 소원이라고 말하는 두 부부의 소박한 희망, 열 번도 더 넘게 도망쳤다가 지치면 사랑의 쉼터로 되돌아오곤 했다는 한 소년의 학교 가는 뒷모습.

그리고 마당에서 모닥불을 피워 놓고 감자를 구워먹는 어느 저녁의 장면이 있었다. 앞 이빨이 빠진 개구쟁이 소년이 아버지(물론 '사랑의 쉼터'에서 자신을 돌봐 주고 있는 현재의 아버지) 무릎에 앉아 오랫동안 간직하고 있었던 자신의 꿈을 털어놓았다.

"이담에 어른이 되어 돈 많이 벌면, 여기에 3층짜리 집을 세울 거예요. 그래갖고 삼층에는 형아랑 누나가 살고, 이층에는 내 색시랑 내가 살고, 일층에는 아버지하고 엄마하고 사는 거예요. 이담에 내가 돈 많이 벌면 따뜻한 물도 펑펑 나오게 하고, 이만한 세탁기도 사서 엄마랑 아버지랑 함께 살 거예요……."

그 많은 아이들이 벗어놓은 옷을 세탁기는커녕 더운물도 없이 날마다 팔목 아프게 빨아대고 있던 쉼터의 젊은 어머니는 그 말을 듣고 웃으며 울었다. 그리고 나도, 꼭 그렇게 웃으며 울었다.

여의도에는
여관이 없다

　서울특별시민이 아니었을 때, 그러니까 서울이란 곳을 벼르고
별러 '방문'하는 형식으로 가끔씩 드나들 때 내게 있어 여의도는
늘 여의주(如意珠)란 의미로 다가오곤 했다.

　용의 턱 아래에 있다는 구슬, 이것만 있으면 마음대로 세상을
주무를 수 있다는 그 여의주 말이다.

　그 후 어찌어찌해서 수도권에 붙어 삶의 한 자락을 펼치며 살
게 되었을 때도, 그 뒤 다시 서울로 들어와 살게 되었을 때도 그
느낌은 크게 변하지 않았다. 오히려 발음의 비슷함을 빌미 삼은
이런 식의 선입견에 '여위다' 혹은 '여의다'가 덧붙여져서 반어적
인 의미까지도 포함되기에 이르렀다. 세상을 마음대로 주무를 수
도 있지만, 그러나 또 다른 쪽에선 끊임없이 희망을 여의고 정신

을 여위게 하는 동네, 그것이 내 그물망에 감각적으로 떠오른 여의도였다.

물론 그 감각의 근저를 살피는 작업도 해보았다. 여의도에는 갖가지 금융회사, 우람한 국회의사당, 거대한 조직을 자랑하는 방송국들, 황금알을 낳는 고층아파트 숲, 이런 것들이 도시 속의 그 섬에 나란히 어깨를 부비며 그림을 이루고 있다. 그리고 나는 생각한다. 나는 결코 그들의 친구가 아니다. 그들은 나를 친구로 원하지 않는다!

그럼에도 불구하고 나는 때때로 여의도에 간다. 나를 여의도로 자꾸 부르는 사람이 하나 있기 때문이다. 그는 여의도에 자리한 한 방송국에서 라디오 쪽 제작을 맡아 하고 있다. 나는 그가 괜찮은 사람이라고 믿기 때문에 그가 출연 요청을 해오면 늘 괜찮다고 대답한다. 그리곤 그의 기대에 못 미치게 전혀 괜찮지 않은 방송을 했다고 생각하며 몹시 석연찮은 기분으로 황급히 여의도를 벗어나곤 한다.

그날도 짧은 방송이 있어 여의도에 가는 길이었다. 택시는 정확하게 방송국 정문 앞에 멈추었다. 택시에서 내리는 순간이었을까, 아니면 몇 걸음 옮겨 수위실 쪽으로 가던 때였을까. 나는 내 뒷덜미에 혹은 얼굴에 집요하게 달라붙는 시선을 감지했다. 이 복잡한 세상살이에도 우연은 많은 법이어서 나는 찬찬히 그 시선의 임자를 확인했다. 나이는 스물 서넛쯤, 군복 색깔의 윗도리를 입은 청년은 여전히 나를 똑바로 쳐다보고 있었다. 스스로의 기억력에 대해 상당한 불신을 품고 있는 사람인 나는 어쩔 수 없이 나를 의심했다. 그는 나를 알고 있고 나도 그를 알고 있다,고 전제한 다음 나는 일단 그에게 다가갈 작정이었다. 얽힌 것도 마주 보면 풀릴 수 있으니까.

그런데, 내가 미처 그에게 가기도 전에, 청년의 시선이 단호하게 길을 바꾸었다. 또 하나의 택시가 도착한 것이었다. 택시에서 내린 사람은 젊은 처녀였다. 청년은 처녀의 일거수일투족을 뚫어지듯이 쳐다보았다. 그 처녀가 내 곁을 스쳐 방송국 안으로 걸어들어갈 때까지 그 뚫어지는 시선은 조금도 빗나감이 없었다. 그리고 또 택시가 멈추었고 잘 차려입은 남자가 서슴없이 방송국으로 들어갔다. 청년은 이제 거의 홀린 듯한 시선으로 그 남자의 뒷모습을 좇고 있었다.

자동차가 멈출 때마다 똑같은 일이 벌어졌다. 그때쯤 나는 내 기억력에 잘못이 없다는 것을 알아차리고 있었다. 약속한 시간에 임박해 있었으므로 그가 왜 저기에 서서 사람 구경에 열과 성을 쏟고 있는지 더 생각해 보지도 않았다.

그 청년은 내가 일을 끝내고 나왔을 때도 정문 앞에 서 있었다. 이번엔 아주 괴상한 자세였다. 아니, 괴상한 자세라는 말은 옳지 않은지도 몰랐다. 자세는 문제될 게 없는데 자리가 괴상했다. 그는 정문 앞에 서서 그 오고가는 사람들 틈에서 팔을 내저으며 노래를 부르고 있었다. 물론 처음엔 그가 노래를 하고 있다는 사실을 눈치채지 못했다. 사람들이 빙긋빙긋 웃으며 지나가는 까닭도 알지 못했다. 둔하게도 나는 청년 곁에 바싹 다가가서야 그가 정말 노래를 부르고 있다는 사실을 확인했다.

대체 노래라니, 그것도 거리에서. 그가 부르는 노래가 정확히 어떤 것이었는지 나는 알지 못했다. 어디선가 많이 들어본 곡이긴 했으나, 다시 생각하면 도무지 처음 듣는 노래라고 여겨지는 이상한 노래였다.

청년은 장소 따위 아랑곳없이 지독한 열정으로 노래에 빠져 있었다. 나는 노래에 빠져 있는 청년에 또 빠져 있었다. 구슬픈 곡조에 어울리는 애수에 찬 표정과 허공을 나누는 슬픈 제스처. 청년의 그 모든 행위가 지나치게 진지했으므로.

이상한 일이지만 아무도 청년을 제지하지 않았다. 심지어 제복을 입은 방송국의 경비원조차 싱긋싱긋 웃으며 자기 볼일만 보았다. 그러고 보니 나만 놀라고 있는 것이었다. 한 청년이 길거리에서서, 이마에 땀방울을 송송 매달고 노래를 부르는데 아무도 신경 쓰는 사람이 없다. 그제야 나는 이 친구가 불우이웃 돕기를 위한 모금함이라도 준비해 두고 있는가 싶어 청년 주위를 살펴보았다. 물론 그런 것은 없었다. 아무 표시도 없었다. 청년은 그냥 홀로 노래를 부르고 있었다.

일주일 뒤 나는 다시 여의도에 갔다. 앞에 말한 짧은 방송의 일주일치 녹음을 위해서였다. 아마도 나는 그사이 청년을 잊고 있었던 모양이었다. 택시가 방송국 근처에 닿았을 때 나는 가방을 열고 주민등록증 찾기에 몰두해 있었다. 내가 나임을 증명해 주는 이 '쫑'이 없이는 방송국에 들어갈 수 없다. 괜히 다른 사람을 번거롭게 하지 않기 위해선 얌전히 주민등록증부터 챙겨야 했다.

쓸모없이 그저 크기만 한 내 가방은 내용물 분류에도 탐탁지 않고 여닫는 절차도 심히 복잡해서 한번 가방 속의 미궁에 빠지면 다른 것에 신경 쓸 여유가 없는 물건이었다. 택시에 내려서도 여전히 가방 수습에 정신이 팔려 있던 내 귀에 홀연 들려오는 노랫소리. 비로소 나는 정신이 번쩍 들었다.

"이미 와버린 이별인데 슬퍼도 울지 말아요……."

청년이었다. 맑고 서늘한 두 눈은 택시에서 내린 내게 멎어 있었다. 그러나 노래를 부르고 있었으므로 전처럼 집요하지는 않았다. 그의 시선은 구름장 뒤편, 라일락 꽃가지 그늘, 그리고 오고 가는 사람들 사이를 쉴 새 없이 건너 다녔다. 나 역시 전처럼 크게 놀라워하지 않았다. 그러나 다른 사람들처럼 빙긋빙긋 웃어가며 그의 곁을 스쳐 가지는 않았다. 나는 고요한 걸음걸이로 그를 비껴 방송국 안으로 들어갔다. 내 뒤로 노래의 마지막 가사가 절절하게 흘러갔다.

"외로울 때, 그때 울어요……."

엘리베이터 안에서 나는 나훈아의 '무시로'를 부르고 있던 청년에 관해 몇 가지 정보를 접할 수 있었다. 청년을 화제로 이야기하고 있는 이들은 공교롭게도 얼굴이 잘 알려진 젊은 인기가수들이었다. 이미 스타가 되었거나 머지않아 스타가 될 그들은 몹시 활달했고 거침이 없었다. 그들 중의 하나가 말하였다.

"지난번 신인가요제에선 예선에서도 탈락했대. 그 솜씨로 좀 힘들겠던데?"

"정신이 오락가락하는 친구치곤 겉보기로는 영 말짱해서 말이야. 벌써 한 달이 넘었지 아마. 끈질기더라. 정말 질겨."

실제로 질긴 고무줄이라도 씹는 양 황당한 표정을 짓고 있는 또 다른 가수의 말을 받아 그중 하나가 아주 싸늘한 어조로 입을 열었다.

"쇼야! 다 쇼라니까!"

진짜 쇼에 출연하기 위해 번쩍이는 의상을 입고 있던 가수 일동이 일제히 되물었다.

"무슨 소리야? 그럼, 가짜야?"

"그래. 그 친구 돌지 않았어. 쇼 담당 피디에게 픽업 당하려고 매일 자작 쇼를 벌이는 거야. 척 보면 모르겠어?"

그때 엘리베이터가 멎었다. 나는 그들을 보내고 기계의 닫힘 단추를 눌렀다. 쇼라고?

그리고 한 달쯤 지났다. 그동안 나는 여의도에 가지 않았다. 하지만 청년의 노래를 잊지는 않았다. 잊기커녕 자꾸만 그의 맑고 서늘한 눈빛이, 허공을 나누던 공허한 손짓이 떠올랐다. 그사이 봄은 더한층 만개해서 지천에 꽃들이 흐드러졌다. 흐드러진 꽃만큼이나 5월의 바람에 떨어져 내린 숱한 꽃잎들이 발길에 마구 밟혔다.

여의도에 가지 않던 한 달 정도의 시간 동안 나는 끊임없이 원고지를 메웠다. 그사이 이 땅에는 끔찍하고 괴로운 일들이 연이어 터졌다. 끊임없이 원고지 칸을 메웠으나 한 마디도 하지 않았다는 느낌에 시달리며 나날을 보냈다. 글 쓸 것은 밀려 있고, 나는 지쳐 있었다.

그러던 오월의 어느 하루, 누구도 부르지 않고 누구도 청하지 않았는데 여의도에 가기로 했다. 오후부터 비가 내릴 것이란 일기예보가 시간 시간 라디오에서 흘러나오던 날이었다. 일기예보는 맞을 것이었다. 잿빛 구름장이 그렇고 습한 바람이 그랬다.

그리고 일기예보는 맞았다. 한강을 건너는 택시 안에서 나는 비를 만났다. 택시기사가 말했다.

"비 덕분에 매운 냄새 좀 사그라지겠네요."

방송국에 닿았을 때는 빗줄기가 상당히 굵어졌다. 나는 서둘러 우산을 폈다. 우산으로 일단 내 시야를 좁혔다. 나는 그가 거기에 있기를 바랐던가. 가수가 되고 싶어 정신을 빼앗긴 청년, 여의주를 찾아 매일 여의도에 와서 지치도록 노래를 부르는 그. 우산을 젖히면 그가 있거나 아니면 그의 노래로 젖어 있는 자리가 보일 것이었다.

우산을 젖히기도 전에 노래가 먼저 나를 맞았다.

"선운사에 가신 적이 있나요. 바람 불어 설운 날에 말이에요. 동백꽃을 보신 적이 있나요. 눈물처럼 후두둑 지는 꽃, 말이에요……."

그는 거기에 있었다. 비에 젖어서 으깨진 풀잎 색깔이 되어버린 점퍼를, 흘러내리는 빗물에 가뭇가뭇 감기는 두 눈을 나는 보았다. 눈물처럼 후두둑, 할 때는 빗물인지 눈물인지가 그의 얼굴에서 그렇게 흘러내렸다.

비 탓인지 방송국 앞은 모처럼 한산했다. 사람들은 종종 그의 앞을 바삐 스쳐갔다. 제복의 경비원도 보이지 않았다. 빗줄기는 점점 굵어졌다.

나는 단 한 사람의 청중으로 그의 앞에 서 있었다. 청중답게 그의 노래를 방해하는 어떤 행동도 하지 않았다. 심장을 뚫고 나오는 그의 노래 또한 내게 침묵을 원하고 있었다. 빗속의 열창, 이것이 쇼라면 정말이지 그 허구는 찰거머리처럼 질긴 것이었다. 얼마나 많은 노래를 불렀는지 그의 음성은 많이 상해 있었다. 높은 음에서는 소리보다 표정이 더 고조되었고 낮은 음성에서는 소리에 앞서 허리가 더 먼저 휘었다. 때로 질주하는 자동차의 소음에 노래가 먹히면 그의 제스처가 소리를 대신했다.

여의주를 향한 불가능의 확인, 그 확인의 노래는 치열하고도 열렬했다. 그러나 여의주를 여읜 자의 쓸쓸함 혹은 순수함이 공기 속을 떠도는 가운데에도 궂은 날의 어둠은 벌써 그 기미를 드러내고 있었다. 그나마 간간 귀를 기울여주던 찰나의 관객들도 어둠 속에 모두 스러졌다.

그리고 나 역시 돌아가야만 했다. 아무리 괴로운 일들의 연속인 세상이라 해도, 설령 아무도 내 보잘것없는 글을 읽어 주지 않는다 해도, 돌아가 또 무언가를 써야만 하는 것이 내 삶의 굴레임을 나는 잘 알고 있기 때문이었다.

마침내 자리를 뜨면서 나는 청년에게 닥친 이 밤의 어두움을 근심했다. 여의도에 여의주는 없었다. 심지어 여의도에는 여관도 없었다. 청년은 알고나 있을까.

서울로 이사 와서 한동안은 대화마다 "원미동에서는," 이라고 서두를 붙이는 것이 버릇처럼 되어 있었다. 아니, 꼭 소리가 되어 나오는 말을 할 때만 그런 것도 아니었다. 눈에 보이는 모든 것들을 인식하는 순간마다 내 마음속의 자동 녹음테이프는 저절로 돌아갔다. 원미동에서는 안 그랬었는데…….

어떻게 보면 나는 원미동에 살 때보다 더 원미동에 집착하고 있는 듯이 보였다. 그곳에서 품었던 사랑, 그곳에서 간직했던 소망, 그곳에서 가꾸었던 꿈들이 훨씬 더 아름답고 간절했다고 내게는 여겨졌다. 나는 무심한 호미 자루에 뽑혀져 나온 마른 풀 한 포기처럼 외롭고 쓸쓸했다.

그리고 어느 날, 어린 딸의 일기장에서 '누군가 나를 내 고향 원미동으로 데려다 주었으면. 옛 동네가 그리워 날마다 눈물이 흐른다……'라고 쓴 구절을 읽었을 때, 나이 든 어머니인 나도 훌쩍훌쩍 울었다. 그 뒤로도 오랫동안 우리는 원미동을 발음할 때마다 무언가를 상실했다는 기분을 감출 수 없어 침묵하곤 했었다.

그리고 시간이 흘렀다.

이제는 말의 서두에 원미동을 갖다 붙이는 버릇을 많이 거두어 들였다. 의식적으로 그렇게 했다. 무조건 원미동과 비교하려고 들던 마음속의 자동 녹음테이프도 상당히 둔하게 작동하고 있다.

원미동,
그 이후

그렇게 되기까지 꼬박 3년이 필요했다. 원미동은 그토록이나 오래 나를 놓아주지 않았던 것이다.

그렇다면 나는, 그곳을 떠나와 시방 여기에 살고 있는 나는, 원미동을 놓아주었던 것일까. 요즘에 와서 나는 가끔 스스로에게 그렇게 질문한다. 이 얽히고설킨 옛사랑, 하지만 아직도 지속되는 나의 사랑, 나의 그리움.

떠나버린 사랑이지만 그래도 나의 옛사랑은 여전히 힘이 세다. 힘이 세서 지금도 나를 구속한다. 나를 간섭한다.

돌이킬 수 없는
것들

　잃고 나면, 혹은 버리고 나면 그제야 그것의 아름다움이 생생
하게 살아 움직인다. 나는 그것을 알고 있었다. 그렇기 때문에 나
는 기꺼이 잃거나 버릴 것을 각오하며 십 년의 시간들을 정리하
기 시작했다. 원미동에서의 십 년을.

　시간을 정리하고 그 시간 속에서 몸을 빼내 다른 시간 속으로
들어간다는 것, 그것은 간단하면서도 한없이 복잡한 일이었다.
우리는 집을 옮기기로 했고 그렇게 마음의 결정을 내리기까지가
어려웠을 뿐, 이후의 일들은 관행대로 무리 없이 진행되었다. 마
음은 아직도 심란한데 그러나 외부적인 일들은 마음과 상관없이
급속도로 진행되는 것을 보고 있자면 내 속에 들어 있는 내가 둘
인 것처럼 여겨지기도 했다.

그리고 하나 더, 이럴 수도 저럴 수도 없는 고민 역시 빠지지 않았다. 그 갈등은 뽀삐 — 족보는커녕 마구잡이로 새끼를 번식시키며 별다른 재주 하나 없이 무던하게 사람들 틈에 끼어 사는 누런 발발이 종족 중의 한 개 — 에서 비롯된 것이다.

거처를 옮긴다는 것은 또 하나의 추억의 시작이고 그리움의 물량을 늘리는 일에 다름 아닐 것이다. 하기야 그곳에서의 삶이 악몽과 같았다면 문제가 다를 수도 있다. 아니, 악몽의 과거에도 그것이 과거인 이상 추억의 파편은 묻어 있기 마련이다.

내게 있어서 원미동은 내 젊은 날의 십 년이 배어 있다는 의미 말고도 확실히 각별하다. 말하자면 추억의 파편 정도가 아니라 추억의 덩어리 그 자체가 된다. 거처를 옮길 결심을 했을 땐 그 덩어리의 무게를 감당할 수 있겠는가에 대한 숱한 자문자답이 오고 갔다. 이웃들, 풍경들, 거리 등.

모든 결별에 관해서 구체적인 검토가 있었다. 그리고 예상보다 빨리 이사 날짜가 정해졌다. 단지 검토뿐이었지만 세상살이의 면역성으로 나는 결별에 순응하고 있었다.

그 뒤에 남은 문제가 뽀삐였다. 뽀삐는 엄연히 우리 가족이었다. 생후 한 달 만에 정육점의 어미 돌순이한테서 떨어져 나온 후 지금까지 만 3년간 주욱 나와 한솥밥을 먹고 살았다. 뽀삐는 밥값도 충분히 해냈다. 발발이 주제에 낯선 이를 경계하는 성깔은 진

돗개 못지않아서 집 하나는 제대로 지켜냈다.

게다가 뽀삐는 너무나 아름다운 눈을 가지고 있는 개였다. 너무나 아름다워서 볼 적마다 아득하게 슬퍼지는 눈이었다. 함께 산 3년 동안 우리는 뽀삐가 눈을 통해 무수히 많은 말을 하고 있다고 느꼈다. 한때 알 수 없는 단식투쟁으로 앓고 있는 뽀삐한테 나는 말했었다.

"괴로움을 받아들여라, 그리고 일어나라."

뽀삐는 슬픈 눈빛으로 가만히 내 손등을 핥았다. 그때 딸애가 물었었다.

"뽀삐도 늙으면 죽겠네?"

"그럼."

"죽으면 어떻게 하지? 만약에 이담에 뽀삐가 할아버지 되어서 죽으면?"

딸애의 아빠가 이 난해한 질문에 멋진 대답을 해주었었다.

"뽀삐가 좋아했던 원미산 모퉁이에 묻어줘야지, 양지바른 곳에."

뽀삐는 일요일마다 그와 함께 신나게 원미산을 누비고 다녔다. 산에 오르면 전혀 다른 모습, 샘솟는 듯한 활기로 온몸이 팽팽해지는 뽀삐였다. 대문간에서 식구들 발소리가 들리면 정신없이 맴을 돌던, 저를 떼어놓고 외출이라도 할라치면 언제까지라도 낑낑

거리며 애를 태우던 정든 개였다.

하지만 우리는 뽀삐를 데려갈 수 없는 형편에 처하고 말았다. 새로 구한 집이 공동주택이었으므로 뽀삐가 거처할 마당이 없었다. 이것은 예상하지 못한 일이었다. 뽀삐는 우리와 함께 가는 것이라고만 생각했었다. 결별에 대한 심사숙고에도 뽀삐는 빠져 있었다.

다른 방법은 없었다. 뽀삐를 키워 줄, 그래서 약속한 대로 제 수명을 다한 후에는 원미산 양지바른 곳에 묻어줄 임자를 찾는 수밖엔. 나는 곧장 그 임자를 수소문하기 시작했다. 기왕이면 가까운 이웃 중에서 누가 뽀삐를 맡아주어서 들를 때마다 상면의 기쁨을 맛볼 수 있길 고대하였다.

그러나 어려웠다. 정육점 지연이네는 돌순이의 새로운 자손까지 동물가족이 벌써 포화상태였다. 미장원 은순 씨는 세를 사는 형편에 개는 어찌 키우겠냐며 오히려 내게 눈을 흘겼다.

"좋아요. 우리들하고 헤어지는 것보다 뽀삐하고 헤어지는 게 더 슬프다 이거죠?"

물론 은순 씨도 뽀삐가 어떤 임자를 만나느냐에 따라서 운명이 뒤바뀔 것임을 잘 알고 있었다. 그래서 내가 더욱 애를 태운다는 것도 잘 알았다.

"요새 개 값이 엄청나게 비싸대요. 뽀삐는 생김새가 꼭 토종견

같아서 더 받을 걸요? 잘못 주었다간 그날로 저어기 저 집에 갈 거예요."

은순 씨가 가리키는 곳은 개소주집이었다. 하기야 뽀삐의 거취가 논의되면서 그런 쪽의 희망자는 부지기수였다. 모두들 우리 가족이 내건 조건, 절대 손대지 않고 잘 키워 줄 사람을 구한다는 이야기에 코웃음을 쳤다. 그들은 우리가 뽀삐와 맺은 '관계'에 대해서, 함께 겪은 세월의 슬픔과 기쁨에 대해서 한결같이 일반론으로 대처했다. 그들이 그른 것은 아니었다. 뽀삐는 개였고 개의 삶과 죽음은 일반론으로 설명해도 무방할 수 있다.

그러나 우리에게 뽀삐는 특별한 개였다. '어린왕자' 식으로 말한다면 뽀삐는 우리 가족에게 길들여진 개였다. 우리는 새로운 사람이 나타나 뽀삐를 길들이고 더불어 특별한 관계를 맺어주길 바라는 것이었다.

"그런데 뽀삐 키우려면 골치 좀 아플 거야. 나야 연립에 사니까 데려오고 싶어도 못하지만, 봐라, 털도 좀 빠지나? 게다가 똥오줌 수발은 얼마나 귀찮아. 그러다가 누구 물기라도 하면……. 낯선 사람보고 짖을 땐 얼마나 사나워?"

대섭이 엄마까지도 내 편이 아니었다. 계속 알아봤지만 돌아오는 대답은 "뒤에 와서 찾지만 말아. 그럼 데려오지."였다.

결국 원미동을 찾을 때마다 뽀삐도 만나겠다는 우리 가족의 생각은 포기해야 했다. 날짜는 다가오고 뽀삐의 슬픈 눈빛은 더욱 슬퍼지는 것 같고, 나는 한없이 난감했다. 이대로 뽀삐를 잃고 나면, 뽀삐를 버리고 나면 저 아름다운 눈과 생생한 목숨을 어찌 추억해내랴.

그리고 막바지. 이사를 이틀 남겨 놓은 날이었다. 볼일이 있어 외출했다가 돌아오니 뽀삐가 없었다. 뽀삐의 노란 통나무집도, 목에 매단 푸른 줄도 깡그리 사라졌다. 대신 딸애의 눈만 퉁퉁 부어 있었다. 산골 마을에 공장을 차려 놓고 있는 친척이 봉고차를 타고 들렀다가 데려갔다는 것이었다. 키워 볼까, 말까 망설이던 후보자 중의 하나였지만 거리가 너무 멀고 길들여 보겠다는 마음도 희미한 것 같아 정작 내가 망설였던 친척이었다.

그런 생각의 줄기들이 전화로 전해지고 서로 상의를 해보기도 한 것은 사실이었지만 이건 너무 갑작스러웠다. 아직은 그에게 뽀삐를 부탁하겠다는 결심이 굳어지지 않은 상태였는데 이런 일이 벌어졌다. 게다가 이별을 슬퍼하고 어쩌고 할 기회조차 내게 주어지지 않았다.

처음에는 나도 모르게 발을 동동 굴렀다. 전화기를 붙잡고 따지기도 했다. 막무가내로 내 가족을 데려간 그에게 섭섭하다고 모진 말을 하기도 했다. 그러나, 거기까지였다. 결국 나는 포기하고 말았다.

뽀삐는 그렇게 거짓말처럼 내 눈앞에서 사라졌다. 한순간은 눈물이었지만 그다음 나는 깨달았다. 내가 원했던 뽀삐와의 이별은 이런 것이었음을. 하나의 운명으로 벼락처럼 다가와 잡다한 슬픔을 압도해버리는 단호한 이별.

　나는 뽀삐를 그렇게 버렸다. 아니, 그렇게 잃었다. 그 후 지금까지 나는 뽀삐가 어떻게 지내는지, 아직 살아 있기나 한지, 단 한 번도 알아보려 하지 않았다. 돌이킬 수 없는 것들의 아름다움. 그것은 추억 속에서만 빛을 낸다는 것을 알기 때문이었다.

어머니의
눈물

어렸을 적부터 내게 있어 어머니는 모든 규제의 상징이었고 펼쳐지는 자유 앞의 붉은 신호등이었다. 어떻게 설명하든 간에 어머니로부터 오는 끊임없는 규제를 벗어나기 위한 암중모색이 내 정신의 절반 이상을 차지하고 있던 시절이 있었다.

어머니는 내가 보아온 어떤 어머니들보다 엄했다. 그 엄함은 일단 당신이 말을 지극히 절제하고 있음을 보여주는 것으로 더 많은 효과를 얻어내곤 했다. 일테면 그 당시 어머니들이 상용어로 쓰던 표현들, '아이구, 내 새끼야.'라든지, '오메, 착하고 이쁜 내 자슥.' 같은 말은 절대 입 밖에 올린 적이 없었다. 그런 자지러지는 모성의 표현은커녕 밥을 먹으라거나 그만 잠자리에 들라는 등의 일상적인 말조차 부드러운 기운이 섞여들까 봐 일부러 연습해서 내놓는 것처럼 딱딱하고 냉정했다.

우리 일곱 형제들이 가끔씩 어머니를 기쁘게 할 행동을 하는 경우에도 퉁명스런 억양은 조금도 달라지지 않았다. 오빠들이 남들이 부러워하는 명문학교로 진학을 해서 이웃들이 치사를 하면 어머니는 표정 하나 변치 않고 말했다.

"그만큼도 못 해가꼬 어따 쓸랍뎌."

글짓기대회에서 큰 상을 탔다고 내 딴에는 헐레벌떡 대문을 밀치고 들어오면 어머니는 나무라기부터 했다.

"뒤에서 머시 쫓아오는디 그 야단이여."

나는 꾸중이야 귓등으로 흘리고 상장과 상품들을 서둘러 내놓는다. 그러면 어머니는 옆눈으로 슬쩍 훑어보고 표정을 다잡으며 묻는다.

"이게 뭐라냐?"

나는 자랑스레 내용을 털어놓는다. 물론 이런 상은 아무나 받는 것이 아니라는 사실을 강조하면서. 그때 내 귀에 닿는 어머니의 한마디.

"얼렁 손 씻고 숙제나 혀."

그런 어머니가 야속해서 나는 입을 한 자나 내밀고 방으로 들어가곤 했다. 하지만 그런 날 밤이면 늦게 들어온 큰오빠의 밥상머리에 앉아 어머니는 지나가는 말처럼 내 이야기를 하곤 했다.

"공책값은 안 들겠어. 오늘도 엔간히 타왔더라니께."

어머니는 그런 성품이었다. 아버지를 일찍 여읜 일곱 형제들 때문에라도 애초의 당신 성품이 한층 강화된 측면도 없지 않았다. 그렇긴 해도 어머니는 남달리 희로애락의 표현에 인색한 분이었다. 당신은 그런 감정 표출이 곧 경망스러움이라는 생각을 가지고 있었으며 스스로가 그렇게 보이는 것에 대단한 경계심을 품고 있었다. 또한 당신의 자식들도 제발 정신의 무게를 덜어내는 그따위 경박함에 물들지 않기를 바랐다.

그런 까닭에, 단지 그것이 이유의 전부는 아니겠지만, 우리 형제들은 제각각 감정을 표출할 다른 세계 하나씩을 지니지 않을 수 없었다. 우리들은 은밀한 노트를 지니거나, 그림을 그리거나, 음악 속으로 들어가는 것으로 어머니 밖의 다른 세계 하나를 확보했다. 내 글쓰기 역시 이와 다름이 없었다.

그런 어머니였기에 자라는 동안 좀처럼 함박웃음을 본다거나 눈물을 보았던 기억이 내게는 없었다. 어머니는 한시도 쉬지 않고 집안일에 매달렸고, 일곱 형제 뒷바라지로 하루도 편할 날 없이 지내면서 고통이나 절망의 표정도 내비치지 않았다. 어머니는 대체 어떤 힘으로 그토록 엄격하게 스스로를 통제할 수 있었는지 어려서는 막연한 두려움으로, 자라서는 삶에 대한 깊은 외경으로 많이 생각해보곤 했었다.

그러나 어머니에게도 눈물은 있었다. 내 기억의 창고를 더듬어 보면 우선 떠오르는 장면이 몇 개 있다. 감출 기회조차 없이, 억제할 마음의 준비도 되어 있지 않은 상태에서 노출당한 어머니의 눈물. 그 장면들은 지금도 눈에 선하여 도무지 잊혀지지 않는다.

물론, 내가 보지 못한, 아무에게도 보이지 않은 당신의 눈물은 얼마나 더 많았겠는가.

큰아들의 결혼식장에서

큰오빠의 결혼식장이었다. 어머니는 꽃을 달고 앞자리에 앉아 있었다. 아버지를 대신해서 집안의 당숙 한 분이 어머니 옆에 앉아 있고.

식이 시작되면서 어머니가 좀 이상했다. 굉장히 화가 난 표정이었다. 꼼짝도 않고 정면만 노려보았다. 무슨 이유로 이 좋은 날 역정을 내는지 알 길이 없던 나는 어린 마음에도 조마조마해서 내내 어머니만 지켜보았다.

그리고 어느 순간 가슴에 매단 붉은 장미꽃이 파르르 떨리기 시작했다. 조금 있으니까 장미꽃의 떨림이 누구의 눈에도 뜨일 만큼 거세졌다. 어머니는 울고 있었다, 앞을 노려보면서, 입술을 깨물면서. 그러나 장미꽃잎 위로 후두둑 떨어지는 굵은 눈물방울 만은 어머니로서도 도저히 감출 수 없었다.

떠나야 할 선착장에서

이번엔 배경이 남해의 외딴 섬이다. 나는 사흘 전 어머니와 함께 그 섬에 들어왔었다. 대학을 졸업한 후 처음 부임한 중학교가 그 섬에 있었다. 어머니는 창고로 쓰이던 방 한 칸을 얻어 사흘간 쓸고 닦고 해서 반드르르하게 윤을 내놓은 다음 돌아가겠다고 나선 길이었다.

배가 오는 시간은 이른 아침이었으므로 우리 모녀는 새벽밥을 지어먹고 선착장으로 나갔다. 어머니는 평생에 걸쳐 그때까지 단 한 번도 배를 타본 적이 없는 분이었다. 그러니 이제 두 번째로 배에 오를 판이었다. 어머니가 말했다.

"얼렁 들어가서 학교 갈 준비나 하랑게. 뭐땜시 여기 서 있다냐."

나는 어머니마저 떠나면 낯선 섬에 홀로 남겨진다는 생각으로 간신히 울음을 참고 있는 중이었다. 어머니는 내가 질질 짤 것을 누구보다 잘 알고 있었다. 자꾸만 들어가라고 채근을 했다.

"얼렁 들어가랑게. 야가 매곱시 시간만 죽이고 있네."

그러다 갑자기 내 등을 밀어내고 당신은 휭 하니 몇 발짝 앞으로 자리를 옮겨버렸다. 영문을 모르고 있던 나는 눈치도 없이 쫓아가서 어머니의 얼굴을 살폈다. 눈물은, 어머니의 눈물은 이미 볼을 타고 주르르 흘러내리는 중이었다.

원미동에서

내가 서울로 이사를 하던 지난해 여름이었다. 어머니는 일주일 전부터 고향에서 올라와 이삿짐 싸는 일을 도맡아 하셨다. 칠순을 넘긴 나이에도 좀체 몸을 아끼지 않는 성품은 여전해서 아무리 말려도 소용이 없었다.

그리고 마침내 떠나는 날이 왔다. 나는 아침부터 내 눈물 다독이느라 다른 사람에게 신경 쓸 틈이 없었다. 자동차가 출발할 무렵에는 그 제어능력에도 구멍이 뚫리고 말았다. 원미동 이웃들과 나는 손을 맞잡고 우노라 이별의 인사 따원 나눌 수도 없는 지경이었다. 나는 아예 세수수건에 얼굴을 묻고 실컷 울었다.

자동차가 출발한 다음에야 어머니를 돌아보니, 어머니의 눈자위도 붉게 충혈되어 있는 것이었다. 그것도 잠깐의 눈물 글썽함이 아니라 하염없이 고이는 눈물을 닦기 위해 손수건이 동원되고 있는 상황이었다.

"시상에, 저렇게들 살아야 허는디…… 요새 어디가도 저런 눈물 못 보는디……."

어머니는 서울의 새 동네에 도착할 때까지도 내내 똑같은 말을 되풀이하며 손수건으로 눈물을 찍어냈다.

저렇게들 살아야 허는디……. 저렇게들 살아야 허는디…….

원미동,
그 이후

　이제는 원미동 사람이 아니더라도 나는 아직도 원미동에 대해서 시시콜콜 알고 있다. 정육점 돌순이가 이번에 새끼를 몇 마리 낳았는지, 원미동 앞길의 주차 전쟁이 얼마나 살벌한지, 황금부동산이 있던 자리에 새로이 지물포가 개업을 한 것도 나는 원미동과 거의 동시에 파악을 하고 있다.

　내게 원미동 소식을 끊임없이 물어다 주고 있는 사람은 원미동에 살 때도 그랬듯이 역시 행복미장원의 은순 씨다. 그이는 새 소식이 생기면 어김없이 전화를 한다. 내게 새 소식을 전하는 일 말고도 그이는 소설 속의 원미동을 찾아오는 독자들에게 내 대신 원작의 무대를 설명하는 역할도 맡고 있다. 은순 씨는 어쩌면 나 이상으로 생생하게 원미동을 보여 주고 있을 것이다. 그것도 아주 즐겁게, 그리고 기꺼이.

지난여름에는 강노인이 고추 심고 배추 심던 밭에 곡마단이 들어왔었다. 단원들이 말뚝을 박고 천막을 칠 준비를 하는 사이 은순 씨가 전화를 했다.

"서울에 그런 구경거리 있어요? 원숭이도 여러 마리고 불을 삼키는 처녀도 있대요. 얼른 서커스 보러 오세요."

그이가 말을 하는 사이에도 수화기 속으로는 곡마단 측에서 내보내고 있는 공연 안내방송이 스며들고 있었다.

강노인 밭이라면 예전 우리 집과 소방도로 하나 사이에 있는 곳이다. 그러니까 은순 씨 미장원 코앞인 셈이다. 도시 한복판에서 끝까지 인분비료 뿌려가며 억척스레 밭농사를 짓던 고집쟁이 강노인의 땅인데 곡마단이 그 땅에 말뚝을 박았다면 그나마 밭농사도 중단한 모양이었다.

나는 곡마단보다 그 땅의 푸릇푸릇한 푸성귀들이 더 궁금했다. 그러나 은순 씨의 대답은 아주 간단했다.

"작년에도 파 몇 뿌리 심고 말았잖아요. 할아버지 건강도 안 좋고 주위에서 말도 많으니까 올핸 아예 빈 땅으로 놀려요. 이제 원미동에 공터라곤 그것 하나뿐이어서 얼마나들 눈독을 들이는데요. 이미 팔렸다는 소문도 있고, 하여간 그 땅에 빌딩 들어서는 일은 시간문제예요."

땅이 땅으로 남아 있기 어려운 시대에, 경제적 가치로만 재단하고 덤벼드는 무리들에 의해 안식과 평화를 주는 땅으로서의 의미가 자꾸 훼손되어 가는 이 시대에, 강노인은 '마지막 땅'을 지켜 온 사람이었다. 그러니 그 땅에 곡마단이 들어와 천막을 치고 있다는 소식은 참으로 의미심장했다.

은순 씨가 전하는 바에 의하면 곡마단 사람들도 주택가 한복판에서 이만한 공터를 만나기가 쉽지 않다며 반색을 하더란다. 곡마단 또한 이미 쇠퇴할 대로 쇠퇴해진 옛 시절의 문화일 터이니 어쩌면 그들 또한 마지막 공연을 했던 것은 아닐는지.

"정말 하루가 다르게 변하네요."

은순 씨의 목소리가 아련해졌다.

"옛날이 좋았어요. 이젠 예전 원미동이 아니에요."

그녀답지 않게 한숨까지 쉬고 나서야 은순 씨는 원미동 소식 중계를 접었다.

쇠락해 가는 것들은 그것대로의 길을 가고, 기승을 떨치는 것들은 또 그것대로 몰려오기 마련인 것이 세상살이의 이치라면 원미동도 그 이치에서 자유롭지 못할 것이다.

지금 원미동의 새 풍속도를 이루는 근간은 생존경쟁이다. 원래도 살림집들에 비해 가게가 많던 동네인데 요즈음은 새 건물이 들어서는 족족 한꺼번에 네댓 개의 가게가 동시에 개업을 하는 일이 한 달 간격으로 벌어지고 있다고 한다. 물론, 유사 업종들이 난립하니 더욱 문제였다.

점포 신장개업의 이 턱없는 맹신은 물론 살아남으려는 사람들의 눈물겨운 안간힘이었다. 어떻게든 남부럽지 않게 살아보겠다는 소시민들이 선택하는 길은 대개가 적은 자본으로 시작하는 장사다. 그래서 한 집 건너 미장원이 생기고, 한 집 건너 비디오테이프를 대여해 주는 가게가 문을 연다.

얼마 전부터 은순 씨의 전화에도 이러한 현상에 대한 근심과 생계의 막막함이 끼어들기 시작했다.

"이건 완전히 경우도 뭐도 없는 거예요. 이 동네에 미장원이 몇 개인 줄 아세요. 손님은 빤하고 생기는 것은 미장원뿐이니, 그 속셈이 뭔지 모르겠어요. 망하더라도 다 같이 망하자는 심보라니까요."

행복미장원 옆에 있는 알짜비디오도 사정은 같은 모양이다. 비디오가게 숙이 씨가 워낙 알뜰하게 장사를 해서 그렇지 우후죽순처럼 생겨나는 동업자들과의 경쟁에 타격을 입지 않을 도리는 없다. 하기야 젊은 부동산업자들의 날고 기는 장사 수완에 당하지 못한 황금부동산은 지난가을 일찌감치 문을 닫고 원미동을 떠나버렸다. 럭키슈퍼의 김반장도 대형화된 슈퍼마켓들에게 밀려서 진작부터 가게는 늙은 부모한테 떠맡기고 채소도매로 나선 형편이었다.

결국 은순 씨는 미장원을 옮길 생각을 굳히기 시작했다. 내가 살고 있는 동네로까지 가게 자리를 보러오기도 했다. 내가 원미동을 떠날 때 그러했듯이 은순 씨 역시 떠날 결심을 굳히는데 커다란 결단이 필요했다. 이곳저곳을 돌아보고 와서는 내게 전화를 했다.

"살기 위해서는 떠나야 하는데 아무리 돌아봐도 여기가 내 살 곳이다, 하는 동네가 안 나와요. 파리 날리고 앉아 있노라면 막 불안하고, 나가서 돌아다녀 보면 이것저것 셈이 안 닿고, 서먹하고, 자신이 안 생기고……."

그러더니 엊그제 다시 속보가 들어왔다.

"미루다간 추석 대목도 놓칠 것 같아서 결정을 해버렸어요. 부천역 뒤, 아파트들 많은 동네에 미용실이 나왔더라구요. 여기 가게도 임자가 나왔고, 하여간 내일모레 개업식 하기로 했어요. 오늘부터 행복미용실 문 닫습니다."

원미동의 행복미용실이 문을 닫는다는 소식은 내게 있어서는 아주 중요한 일이었다. 은순 씨의 행복미용실은 예전에는 원미동 소식의 집산지였고, 지금에 와서는 내가 원미동으로 가는 통로였다.

물론 많이는 섭섭하고 더욱 많이는 그이의 떠남이 안타까웠지만 그러나 삶이란 어차피 늘 새로운 길을 찾아 떠나는 일의 되풀이가 아니던가. 나는 허통함과 또 그이의 새로운 길찾기에 대한 격려가 범벅된 목소리로 물었다. 그이의 미용실이 여전히 '행복'이란 이름으로 남을 수 있는가를.

"저도 그러고 싶었는데요. 이사 가는 집의 간판이 아주 비싼 것이에요. 백이십만 원 들여서 석 달 전에 새로 단 거래요. 그걸 떼어내고 새 간판 붙일 돈이 있어야지요. 그 가게 이름이 '센츄리'래요. 센츄리 미용실, 어때요?"

센츄리, 백 년, 세기(世紀), 센츄리, 센츄리.

나는 오래도록 그 낯선 이름을 입에서 굴려보았다. 그러자 점점 그 이름이 입에 붙기 시작하였다. 은순 씨도 이제는 세기적인 변화를 하기 시작하는 것이었다.

원미동의 행복미장원에서 아파트촌의 센츄리 미용실까지, 무주구천동의 깊은 산골에서 태어나 좁은 길로만 어렵게 달려 여기에 이르기까지, 그이의 삶이 겪은 굴곡과 절망은 가히 1세기에 걸쳐 얻어낼 만한 부피가 아니었을까. 언제 한번이라도 순탄한 적이 없는.

나는 먹먹한 가슴으로 변화해 가는 원미동의 모든 것을 받아들였다. 또한 '행복'이 '센츄리'로 바뀌는 것도 수긍하기로 했다. 이제 내가 할 일은 은순 씨의 행복이 다음 시간들에서는 온전하게 이루어지기를 비는 일 뿐일 것이다.

　아울러 달라진 모습의 원미동으로 가는 새로운 통로를 한시바
삐 찾아내야 하는 일도 내게 남은 중요한 몫일 것이다.

은빛 그림자가 어른거리는 저 달에는 온통 정적뿐이라고 한다. 모든 것은 영원한 침묵 속에 갇히어 불변 부동하다고 한다. 아폴로 우주선의 우주비행사들이 최초로 발견한 암석은 물이나 바람, 먼지 어떤 것에도 영향받지 않은 채 그 모습 그대로 30억 년간 한 자리에 붙박여 있었던 것이었다. 우주비행사들이 손대지 않았다면 그대로 또 30억 년을 갔을지도 모를 돌이었다.

30억 년.

해마다 십이월이 오면 나는 달에서의 30억 년을 생각한다. 기껏해야 백 년도 채우지 못하는 목숨을 가누며 그 정적의 시간을 떠올린다. 일 년 삼백육십오 일을 사는데도 이다지 생채기가 많은데 30억 년간 그 모습 그대로 한 치의 움직임도 없이 머물고 있는 바위와 돌들을 기억해 낸다.

십이월, 그 찬바람 속에서 나는 스스로에게 말한다. 그토록 오랜 세월도 삼켜버리는데, 그렇게 긴 정적과 침묵도 있는데, 세모의 회한은 아무것도 아니라고 나에게 다짐한다. 달을 생각하면 그래서 나는 할 말이 없다.

달에서의
30억 년

운명에
대하여

　산자락에 낙엽이 한숨처럼 흥건하고, 아침에 일어나 창을 열
면 드센 바람에 소스라쳐 놀라고, 저녁의 퇴근길에 만나는 군밤
장수의 주홍 연탄불들이 정겨우면, 그러면 문득 겨울이 온다. 머
뭇거릴 새도 없이 그렇게 겨울이 오고 한 해가 간다. 예정되어 있
는 시간들이지만 그럼에도 연말은 느닷없이 닥치는 보고처럼 늘
착잡하다.

　올핸 이 착잡함을 더욱 짙게 해주는 우울한 죽음들이 주변에서
많았다. 늦은 밤이나 첫새벽의 전화벨 소리에 가슴 철렁 내려앉
는 불길함. 그리고 어둡게 펼쳐지는 고인에 대한 추억의 페이지
들은 또 얼마나 막막한가. 죽음 또한 예정된 시간의 한 과정일 테
고 어김없는 세상살이의 한 종지부이건만 맞닥뜨릴 때마다 한없

이 서먹하고 황량하다.

엊그제 난 한 친구로부터 타인의 죽음을 미리 알아버린 자의 갈등을 전해 듣게 되었다. 이 갈등은 전염되는 것이어서 친구의 이야기를 들은 뒤부턴 나 역시도 한동안 같은 병을 앓았다.

그 친구의 남편은 갓 개업한 외과 의사였다. 나는 그를 두어 번 본 적이 있었다. 그는 이층 계단에서 뛰어내리다가 팔을 분지른 꼬마환자와 쉬는 시간이면 함께 만화를 보며 낄낄대는 남자였다. 아직도 배가 출출하면 고춧가루 듬뿍 친 라면이나 끓여 달랠 줄 알았지 다른 입맛을 들이지도 않았고, 뚱뚱한 마누라가 잠시만 눈에 안 보여도 다락까지 뒤지며 툴툴대는 사람이었다.

그런 그에게 어느 날 여자 환자가 찾아와서 암 검사를 받고 싶다는 말을 했다. 전반적으로 몸이 아주 약해 보여서 특별히 앓고 있는 병이 있느냐고 그가 물었더니 여자는 펄쩍 뛰며 도리질을 했다. 남편을 일찍 잃고 남겨진 두 아이와 이 험한 세상을 헤쳐 왔는데 다행히 몸은 건강해 병원 신세 한번 지지 않았다고 여자는 자신만만하게 그의 말을 부정했다. 다만 엊그제 우연히 유방암에 관한 신문기사를 읽었는데, 오래전부터 자기 가슴에서 만져지곤 하던 멍울이 생각나 지나는 길에 한번 들러보았다는 것이었다.

아프지도 않고, 다른 데 이상이 있는 것도 아니고, 그저 신문에서 읽은 대로 확인이나 해보자는 생각일 뿐이었노라고, 여자는 정말 환하고 밝은 얼굴로 진찰을 받았었다.

과연 촉진으로도 망울이 만져졌다. 꽤 큰 멍울이었고, 그는 나중에 자기 아내에게 "그때 이미 예감이 좋지 않더라."고 말했다 한다. 일단은 조직검사를 통해야 확실한 것을 알 수 있었으므로 여자는 사흘 후에 오기로 하고 돌아갔다. 돌아가면서 그녀는 간호사들에게 근방에 신발가게가 있느냐고 물었다. 중학교에 다니는 막내가 오늘은 꼭 운동화를 사줘야 한다고 신신당부를 했다면서 여자는 또 환하게 웃는 것이었다.

검사결과는 바로 나왔다. 물론 그가 서둘렀기 때문이었다. 예측했지만 그 멍울은 악성종양이었고 크기로 보아선 이미 주변의 임파선까지 암세포가 번졌을 가능성이 농후했다. 이 지경이 되어도 전혀 통증이 없을 수도 있는 게 암이었다.

그는 암담했다. 그로서는 개원 후 처음 맞는 우울한 조직검사였다. 게다가 자신만만해 하던 여자의 표정, 운동화를 사야 한다며 환하게 웃던 여자의 얼굴이 떠오르면 더욱 암담했다. 예상을 했던 중증 환자라도 막상 정확하게 선고가 떨어지면 기운을 놓아버리는 것을 종종 본 그였다. 무엇보다도 홀로 두 아이를 키우는 그 여자의 삶에는 아직 죽음이 너무나 일렀다.

그는 결국 본인에게 통고하기보다 가족들에게 먼저 이 사실을 알리기로 결정을 했다. 그 결정이 내려지기까지 사흘이 걸렸다. 다행히 여자는 가게를 비울 수 없어 전화로 결과가 나왔는지를 물어왔다. 그는 며칠만 더 기다려달라고 했다. 그리고 곧장 병원 직원을 시켜 의료보험에 기재된 그녀의 집을 찾아보게 했다.

여자는 아들과 딸 하나를 데리고 작은 아파트에 세를 살면서 자신은 집과 떨어진 곳에 아기옷 가게를 벌이고 있었다. 아이들은 모두 중학생으로 너무나 어려서 여자의 보호자 역할을 할 수가 없었다. 그 며칠간 병원 식구들은 짬만 나면 여자의 친척들을 수소문하며 애를 태웠다. 놀랍게도 여자는 아이들 친가나 외가 쪽으로 가까운 인척을 하나도 두고 있지 못하였다. 겨우 알아낸 바로는 두 사람 다 사고무친의 처지로 만나 외로움을 달래다가 결혼에까지 이르게 되었다는 것이었다.

그는 막막해졌다. 여자는 하루에 한 번씩 꼬박꼬박 검사결과가 나왔냐고 전화로 물었고, 나중에는 그녀 자신도 "혹시……." 하면서 의혹에 잠겨 버렸다. 아무리 자신만만한 그녀였어도 이 '혹시' 앞에서는 태연할 수 없었으리라.

더 이상 시간을 끌 수도 없었다. 결국 그는 자신이 그녀의 보호자가 되기로 작정했다. 그는 진료까지 미룬 채 여자를 찾아갔다. 그녀가 꾸려나가는 작은 옷가게에서 그는 띄엄띄엄 진실을 말했다. 죽음이 두려운 것은 사실이나, 삶에의 희망 또한 진실이 아니겠는가 하고. 아이들의 낡은 운동화를 새것으로 바꾸어 줄 사람으로서 이 엄연한 현실을 두려워만 하고 있겠느냐고.

친구의 말에 의하면, 그날 그는 여자와 함께 자신의 선배가 일하는 대학병원에 갔었다고 한다. 여자는 자기에게 이처럼 든든한 보호자가 생긴 것이 기쁘다며 슬프고도 환하게 웃었다고 했다. 그날, 이 어수룩하고 고민 많은 친구의 남편은 자신의 병원에 돌아와서도 오래오래 우울해 하더라고 했다. 그날은 꼬마환자와 함께 만화도 보지 않았고 라면을 끓여달라고도 하지 않았다. 그런 남편을 두고 친구가 하는 말은 이랬다.

"남들은 저이가 풋내기 의사라서 그런다고 하겠지만, 아니야. 난 알아. 저이는 원래 그래. 백발이 성성해서도 자기 일과 남의 일을 구별 못하고 만날 끙끙 앓을 거야. 너 아니? 저이가 의사래지만 그 의사를 치료하고 낫게 해줄 사람은 나밖에 없다구. 이래봬도 내가 그런 사람이야."

친구는 넉넉한 몸피만큼 마음 또한 끝없이 깊고 풍요로운 사람이었다. 그들 부부가 앓았던 지난 며칠간의 마음의 병은 그들이 아니고선 결코 찾아보기 어려운 그런 세상이 아니던가. 나는 그런 친구를 홀린 듯이 바라볼 뿐이었다. 생명을 마구 짓밟는 이 흉포한 세상에 함께 살면서 그래도 목숨 하나의 의미, 그 진실의 소중함을 붙들고 앓고 있는 그들을, 그 의사를 나는 잊지 못할 것이다. 아니, 잊고 싶지 않다. 이 쓸쓸한 연말에…….

또 한 해의
낯선 세상으로

내가 작업실로 쓰고 있는 작은, 몹시 작은 아파트에는 가족을 만들지 않고 홀로 사는 사람들이 많다. 내 방을 기준으로 해서 왼쪽엔 여자가, 오른쪽엔 남자가 각각 오밀조밀한 살림살이와 더불어 거처한다. 나는 그 가운데에 있으며 아침에 출근했다가 해가 지면 서둘러 돌아가는 형편인지라 이웃들에 대해서 미주알고주알 알고 있는 것은 없다. 나는 다만 얇은 벽을 뚫고 들려오는 소리와 엘리베이터 안이나 복도에서 두어 번 마주친 것만으로 그들을 파악하고 있을 뿐이다.

왼쪽 방의 여자는 짧은 단발에 적당히 작은 키, 그리고 지나치게 마른 몸매를 하고 있다. 나이를 짐작할 수 없는 묘한 얼굴인지라 나는 그녀가 서른 살 이쪽저쪽일 것이라는 애매한 짐작만 거

듭하고 있다. 어쩌면 이 짐작조차도 틀릴지 모른다. 스무 살 이
쪽저쪽일 수도 있고 혹은 마흔 살 이쪽저쪽일 수도 있다. 그 여
자는 무려 이십 년의 세월을 넘나드는 표정을 지을 수 있을 만
큼 환상적이기도 한 것이다. 나는 도무지, 단 한 줄도, 그녀의 삶
을 읽어낼 수가 없다. 내가 읽어내는 것은 그녀가 떨군 편린들이
다. 그 부스러기들조차 굉장히 상징적이어서 나는 해독의 어려
움에 쩔쩔맨다.

그 상징은 대충 이런 것이다. 어느 날 아침, 나는 출근을 한 다
음 복도에 나와 창 아래를 굽어보고 있었다. 그때 왼쪽 방문이 열
리며 여자가 나타났다. 나는 무심코 소리 나는 쪽으로 고개를 돌
렸고, 그곳에 서 있는 벌거벗은 그 여자를 보았다. 아니, '벌거벗
은'이란 표현은 옳지 않다. 최소한도의 내의는 갖추었는데 하여
간 첫눈에는 벌거벗은 것으로 내 눈에 잡혔다.

우리는 시선을 부딪쳤고 내가 놀라는 사이 여자는 시선을 거두
지 않은 채 복도에 놓여 있던 신문과 우유를 거두어 들여갔다. 그
때의 난처한 상황에 걸맞은 어떤 포즈도 그녀에겐 없었다. 그것
은 마치 마음씨가 곱지 못한 사람에게는 임금의 비단옷이 안 보
인다는 동화 속의 세계에서 일어난 일 같았다. 나는 진지하게 여
자의 비단옷을 보지 못한 스스로를 반성했다.

또 어느 날인가는 그녀와 일층에서 같이 엘리베이터를 탔다.

내가 먼저 안으로 들어갔기 때문에 나는 닫힘 단추와 7층을 차례 차례 누르고 한 걸음 뒤로 물러났다. 그러자 여자가 팔을 뻗쳐 숫자판의 '5'를 눌렀다. 나는 순간적으로 내가 사람을 잘못 보았다고 생각했다. 이 여자는 내 왼쪽 방의 주인이 아니라 5층의 누구이리라. 나는 얼마든지 그렇게 착각할 수 있는 위인이었다.

나는 나를 믿지 않고 그녀가 누른 숫자 '5'를 믿었다. 그리고 5층에서 엘리베이터 문이 열렸다. 여자는 열린 문이 다시 닫힐 때까지 가만히 서 있었다. 5층에서 기계가 멎은 것과 자신과는 도무지 무관한 일이라는 표정이 그녀의 이십 년을 넘나드는 입체적 얼굴 위에 무늬지어 있을 뿐이었다. 그녀는 역시 나와 함께 7층에서 내려 내 왼쪽 방의 문에 열쇠를 꽂았다. 그리고 여자는 안으로 들어갔다. 나는 그런 여자를 넋을 잃고 바라본다.

내 방과 그녀 방 사이에는 엘리베이터가 지나가는 공간이 가로 놓여 있다. 그 길쭉한 공간은 때로 공명판이 되어 여자가 내는 소리를 또렷하게 내 방까지 실어다 준다. 어느 날, 나는 여자가 울부짖는 소리를 들었다. 그럼 난 어떡하지요! 어떻게 살라구요! 왜요? 왜지요?

여자의 찌르는 듯한 울부짖음 사이사이에 나직나직한 남자의 음성이 들려왔다. 그러나 내용은 파악되지 않았다. 난 여자의 처절함에 감전되어 작은, 몹시 작은 내 방의 가운데에 못 박혀 서 있었다.

이 울음소리가 있기 한 시간쯤 전에 나는 여자를 보았었다. 아파트로 가는 비탈길을 여자가 오르고 있었다. 손에는 쌀이 한 됫박쯤 담긴 비닐봉투가 들려 있었고 여자는 소년처럼 무릎 아래까지 오는 검정색의 긴 양말을 신고 있었다. 그때 여자가 불렀던 콧노래를 내가 들었던가……. 그리고 여자는 한 시간 후 죽을 듯이 울며 소리치고 있다. 왜요? 왜지요?

이젠 내 오른쪽 방의 풍경을 말할 차례다. 그이는 나이가 분명하게 드러난 얼굴을 하고 있다. 나는 자신 있게 그이의 나이를 스물여섯이라고 말할 수 있다. 그 이상이거나 이하라 해도 상관없다. 그 남자는 내 나이 스물여섯 때처럼 썩 황량한 표정을 잘 짓고 있으므로 내게는 스물여섯이 정답이다. 그 남자의 나이가 황량한 스물여섯이어야 할 또 하나의 이유는 그이 방 밖에 나와 있는 가지런한 소주병들에 있다. 그는 꼭 두꺼비만 마신다. 어느 날은 두꺼비 세 마리가, 또 어느 날은 두꺼비 열 마리가 어둠침침한 복도에 웅크리고 있다.

그의 방에선 늘 음악이 흘러나온다. 물론 베토벤이나 바하가 아니다. 그건 노래다. 그러나 또한 웅장한 음악이다. 확인하지 않아도 음악을 재생하는 기계의 값이 엄청날 것임은 분명한 사실이다. 그만큼 성능이 굉장하다. 그 성능 좋은 오디오가 들려주는 노래는, 그 가수는 셋을 넘지 않고 있다. 그가 자주 들려주는 순서로 하면 송창식, 양희은, 이정선이다. 행복하게도, 얇은 벽을 사이에 둔 이웃으로선 천만다행이게도, 이 순서는 내 애창가요 순서에 대입해도 전혀 하자가 없다. 나는 때때로 그의 방에서 들려오는 송창식의 '상아의 노래'에 젖어 감상벽으로 치달린다. 오, 이럴 때의 그 감상은, 그 퇴폐는, 그것들을 싸잡은 분위기는 얼마나 괜찮은가.

나는 오른쪽 방의 그를 좋아한다. 그는 한 번도 내가 듣기 싫어하는 노래를 흘려보내지 않는다. 그와 나는 십여 년의 세월을 사이에 두고 있으면서도 기가 막히게, 맞춘 듯이, 좋아하는 노래가 흡사하다. 가끔씩 그가 방문을 열면 복도까지 물밀듯이 밀려오는 노래들, 그러면 나는 노래에 익사하고 싶어지고, 노래에 내 몸을 숨기고 싶어 마구 원고지를 구긴다. 그럴 때 나는 진심으로, 가수가 되고 싶다. 나는 그럴 때마다 작가인 것을 후회한다.

내 오른쪽 방의 그 남자는 직업이 없다. 있을지도 모르나 그렇다면 그 역시 수공업자일 것이다. 그는 낮에도 늘 집에 있다. 그는 노래를 듣고, 두꺼비를 까며, 어둠침침한 방에서 뒹굴 수 있을 만한 자금은 어쨌든 벌어들일 것이다. 아니다. 그는 밥 세 끼 대신 두꺼비를, 오리털 파카 대신 노래를 착용하는 사람일 수도 있다. 그 증거로 마주칠 때마다 그의 모습은 한 사나흘 노숙을 한 사람처럼 피폐하다. 기름기가 없다. 그는 마지못해서 방을 나오고, 미친 듯이 방으로 들어간다. 그에겐 방 바깥의 환상이 없다. 그는 지극히 몽환적이나 그 모든 것을 방에서 이룬다. 작은, 몹시 작은 그 방에서.

왼쪽과 오른쪽에 그와 그녀를 두고 가운데에 내가 있다. 세월은 흐르고 그는, 또는 그녀는 세월의 그물에 걸려 은빛 지느러미를 퍼덕인다. 나는 그것을 본다. 그 은빛의 슬픔과 우수와, 그리고 삶의 그림자를 본다. 그림자를 거느리고 살아가는 우리 모두의 표류하는 시간을 본다. 잡아지지 않는 무엇, 만져지지 않는 무엇, 거머쥘 수 없는 무엇들.

그렇게 한 해가 가고 새해가 온다. 그렇게 한때의 시간은 가고 때 묻지 않은 새 시간이 온다. 우리는 다시 물위로 기어오르며, 잠수에서 벗어나며, 낯선 세상에 작은, 몹시도 작은 그림자를 조심스레 떨구어 본다.

푸시맨을
위하여

신영길 군은 푸시맨이다. 이렇게 말해놓고 보면 언젠가 콜라병 하나로 두어 시간 나를 신나게 웃겨버린 '부시맨'과 혼동하기 쉽겠기에 부득이 설명이 필요해진다.

푸시맨(push man)은 뜻 그대로 밀어주는 사람이다. 언뜻 등 떼밀어서 웅덩이 물이나 개울가에 옷을 버리게 만드는 취미를 지닌 악동 친구를 떠올리게도 하는데, 하여간 이들 역시 사람의 등을 떼미는 것이 우선적인 임무로 주어진 직업이다. 다만 웅덩이나 개울이 아닐 뿐인 것이다. 이들에게 등을 떼밀린 사람은 안간힘 쓰지 않고도 전철의 만원 승객 사이에 콩나물 하나로 '꽂힐' 수 있다.

하기야 자가용이 있거나 택시나 좌석버스를 이용하여 일터로 가고 있는 사람들은 푸시맨의 서비스를 전혀 이해할 수 없다. 도대체 왜 등을 미냐고, 그런 서비스가 있기나 하느냐고.

나는 진작에 즉석 푸시맨들을 많이 보아왔던 터이라 이 직업에 대한 이해가 아예 전폭적인 사람이었다. 응당 있을 만한 직업이 아니던가. 혹시 인간의 육체가 지닌 탄력성을 연구하는 분이거나 또는 일정 공간에 최대치로 담을 수 있는 인간 면적을 시험하는 분들이 있다면 꼭, 필히, 출근 시간의 전철 플랫폼을 찾아보라고 권하고 싶다. 더욱 효과적인 연구를 위해서는 특히 인천·수원 방면 수도권 전철구간을 추천한다.

어쩌다 부득이한 사정으로 출근시간에 전철을 타게 되면 늘 떠오르는 격언이 하나 있다. 불가능은 없다. 정말이었다. 이미 더 이상은 한 명도 태울 수 없는 상태에서 도착한 전철이 플랫폼을 꽉 메운 무수한 인파를 대충 쓸어 담고 출발하는 것을 보면, 이 세상에 과연 불가능은 없었다. 물론 그 과정에서는 내가 푸시맨이 되기도 하고 내 뒤의 승객이 나를 떼미는 푸시맨이 되곤 하는 눈물겨운 고투도 있기는 하지만.

그러다가 어느 날 즉석 푸시맨이 아닌 전문 푸시맨이 있다는 사실을 알게 되었다. 언제부터 그런 이름의 안전요원들이 배치되었는지 그것은 알 수 없었지만 어쨌거나 실제 그중의 한 사람과 만난 것은 참 우연이었다. 그것도 초면이 아니라 이웃에서 꽤나

안면을 익힌 처지였으므로 느낌도 남달랐다.

그날도 전철이 가장 복잡할 시간에 약속이 있었다. 가능하면 콩나물 하나로 꽂히는 신세가 되지 않으려고 어지간한 일이 아니면 아침 약속을 안 하는데 피할 수 없는 상황이었다. 예견한 대로 막바지 출근 인파로 플랫폼은 아수라장이었다. 이럴 경우 나 같은 위인은 우선 기가 죽기 마련이라 비실비실 뒤에서 맴돌 수밖에 없었다. 뒤에 있었으니 전동차가 도착하여 문이 열렸을 때도 역시 제일 뒤쪽에 어설프게 서 있었다.

내가 보기에 전동차 안은 콩나물시루 이상이었다. 앞에 서 있던 무리들조차 안으로 성큼 들어가지 못하고 엉겨 붙은 껌을 떼어내듯 허우적거리고만 있었다. 포기하는 수밖에 없었다. 결심은 더디어도 포기는 빠른 나인지라 그쯤에서 방관자가 되어 이 처참한 출근전쟁을 바라보고 있는 중이었다.

그때 한 청년이 — 빨간 운동모자를 쓰고 있었다 — 다짜고짜 내 등을 떼밀기 시작했다. 그것도 아주 이골이 난 솜씨였다. 마치 비탈길에서 고전하는 리어카를 미는 것과 똑같았다. 아니면 시동이 꺼진 고물차를 미는 동작이 꼭 그럴 것이었다.

물론 나는 황급히 내 의사를 표명하였다.

"안 타요. 이 차는 더 이상 못 탄다고요."

나는 그가 뒤늦게 쫓아온 승객인 줄 알았다. 자신이 타려면 어차피 앞사람부터 밀어 넣는 수밖에 없으니 즉석 푸시맨이 되었다고 짐작했었다.

"이 정도면 양반입니다요. 얼마든지 탈 수 있어요. 걱정 마세요. 도와드릴게요."

청년의 말은 마스크로 막아놓은 입 때문에 오히려 음산하게 들렸다. 게다가 도와주겠다고?

도시의 삶에서 가장 경계해야 할 인물이 누구인지 우리들 모두 경험으로 알고 있는 일이었다. 이 각박한 세상에 자청해서 도와주겠다고 나서는 사람은 요주의 인물이다. 나는 방법을 바꾸기로 하였다.

"먼저 타요."

빨간 모자를 내 앞으로 세우려던 나의 작전은 마스크를 벗고 씩 웃는 얼굴 앞에서 무산되었다. 아는 얼굴이었다. 동네 슈퍼마켓에서 배달꾼으로 일하고 있는 신영길 군이 바로 빨간 모자였던 것이었다. 그는 진즉 내 얼굴을 알아본 모양이었다. 그래놓고도 새삼스럽게 "안녕하세요?" 하면서 꾸벅 인사를 하였다.

"인사는 나중에 하고 어서 타요. 급한가 본데 문 닫히기 전에 얼른 뚫고 들어가."

스스로는 일찌감치 포기한 주제에 나는 신영길 군을 격려하고 있었다. 그랬더니 그가 씨익 웃었다.

"안 타요. 아르바이트 중인데요."

"여기서?"

"예. 아침마다 두 시간씩 일해요."

"무슨 일?"

"보셨잖아요? 이거죠."

신영길 군이 대뜸 허리를 굽히고 손을 내밀어 미는 시늉을 해 보였다. 아까 나한테 그랬던 것처럼.

"푸시맨이라고들 불러요."

그가 직접 발음하는 '푸시맨'은 훨씬 실감 나게 들렸다. 전동 차는 이미 떠났고 다음 차가 들어올 동안 나는 그에게서 많은 이 야기를 들을 수 있었다. 전동차가 도착하면 승객들의 등을 떼밀 어 빠른 시간에 승차할 수 있도록 돕는 일이 가장 중요한 임무라 고 했다. 지각을 하지 않으려는 승객들이 한꺼번에 문에 매달리 면 출발이 지체되고 그러면 다음 차까지 연착하는 수가 종종 있 어 필요에 의해 생겨난 직업이 푸시맨이었다.

"내 나이가 제일 많을 걸요. 대개 고등학교 일, 이학년들이에요. 학교 가기 전에 새벽운동 겸, 아르바이트하는 거죠."

자기 나이가 제일 많다지만 신영길 군 또한 이제 스물인 것을 나는 알고 있었다. 작년에 고등학교를 졸업하고 곧장 슈퍼마켓에 서 일했었다. 아직도 이마에 여드름 자국이 많아서 어린 티가 줄

줄 흘렸다.

"별일이 다 많아요. 등 민다고 신경질 내는 사람도 있고 밀려서 철길에 떨어진 사람 구해 내기도 하고……."

한 시간에 천 원 정도를 받고 일한다는 신영길 군은 빨간 모자를 벗고 이마의 땀을 훔치며 씨익 웃었다. 동네에서도 이 순박한 웃음 때문에 인기가 좋은 그였다.

그리하여 다음 차가 도착했을 때, 나는 생애 최초로 푸시맨의 서비스를 받아 차안으로 골인할 수 있었다. 등을 떼미는 솜씨 또한 만만찮아서 나는 크게 힘들이지 않고도 만원 전철의 가운데쯤으로 쑤욱 들어가 버렸다.

그날 이후로는 전철역에서 신영길 군을 만난 적은 없었지만 대신 슈퍼마켓에 들러 확인한 바, 그는 여태도 푸시맨 아르바이트를 충실히 하고 있었다.

"힘들지 않아?"

푸시맨도 그렇고 배달하는 일도 그렇고 모두가 용을 써야 하는지라 걱정이 되어 물으면 그는 또 웃었다.

"헤, 아직은 펄펄 나는 걸요."

나는 신영길 군이 펄펄 날고 뛸 나이에 한 푼이라도 더 벌어보겠다는 생각으로 아침 아르바이트를 고수하는 것이라고 믿었었다. 고등학교 졸업과 동시에 집안의 가장 역할까지 떠맡은 그였

으므로 그 각오는 대단히 가상한 것이었다. 아침저녁으로 접하게
되는, 신문의 사회면을 물들이고 있는 젊은 가슴들의 빗나간 열
정을 떠올리면 정말 괜찮은 청년이었다.

그런데 신영길 군은 그 정도로만 괜찮은 인물이 아니었다. 나
는 그 사실을 하필이면 한 해의 맨 마지막 날, 그것도 밤에서야 알
았다. 1월 1일에는 혹시 슈퍼마켓이 문을 닫을까봐 미리 몇 가지
일용품을 사러 가게에 들렀더니 그가 있었다. 그는 뭔가를 잔뜩
쌓아두고 포장하느라 여념이 없는 중이었다. 언뜻 보니 양말도
보이고, 장갑도 있었고 찰떡도 있었다.

"그게 다 뭐지?"

가게에서 팔고 있는 물건들은 분명 아니었다. 그런데도 신영길
군은 애매하게 웃기만 하였다. 옆에서 주인아줌마는 또 혀를 끌
끌 차는데 이 아줌마야말로 혀 차기로 하루해가 뜨고 지는 사람
이었다. 어떤 말이거나 시작은 혀를 끌끌 차는 것으로 시작했고
끝도 그것으로 마무리 짓는 아줌마의 설명은 이러했다.

"야가 아침마다 전철역에 나가 갖고 힘자랑해서 돈을 쪼까 번
다요. 참새 눈물맨치로 쪼께 벌어온 돈일망정 집안 식구들한테는
얼매나 큰돈이것소. 근디…….."

여기서 아줌마는 또 혀를 찼다. 그것도 꽤 오래.

"근디 야가 그 돈을 다 모아서 저런 것들을 샀는디, 저걸 내일

새해를 맞아 고아원이랑 양로원에 갖다준다 안 허요. 아, 그 맴이사 참말 징허게 복 받을 맴이지만 저도 남의 도움을 받아야 할 만큼 딱한 처지임시로 꼭 그래야 쓰것소, 잉. 쯧쯧……."

그러면서도 아주머니는 밉지 않은 눈으로 신영길 군을 흘겨보았다.

"에이 아줌마는…… 전철역에서 남 등 떼밀어 번 돈은 없는 셈 치면 되잖아요."

신영길 군은 여드름을 쥐어뜯으며 변명 아닌 변명을 하고 있었고 주인아줌마는 끌끌끌, 혀를 차면서 반주를 넣고 있는 풍경은 정말 아름다웠다. 보나마나 서글서글한 아주머니도 몇 가지를 보탰을 것이 분명하였고 나는 괜히 오랜 시간을 들여 물건을 고르며 그 풍경을 자꾸 훔쳐보았다.

그리고 돌아오는 길에 나는, 고백하지만, 진심으로 부끄러웠다. 신영길 군의 등 떼밀기 아르바이트가 아등바등 살아내는 목숨의 연명에 소요되는 것으로만 믿고 있었던 내 고정관념이 정말 부끄러웠다. 이 세상에는 남의 등을 떼밀어 못된 곳으로 떨어뜨리고 저만 희희낙락 살자는 무리만 있는 것이 결코 아니었다. 신영길 군처럼 전철 안으로, 사람의 마음속으로, 감동적인 등 떼밀기를 시도하는 사람도 많은 법이었다.

집에 돌아와서, 깊은 밤에 문득 펼쳐본 시집의 한 페이지에 이런 시구가 적혀 있었다.

　헌데, 만약 내 시의 사부가 있다면?
　이놈, 하산은 무슨 얼어 죽을……
　연필만 한 삼 년 더 깎어라
　껄껄껄
　(유하 시 「돌아온 외팔이」 중에서)

　그중에서도 특히 마지막의 '껄껄껄'은 야무지게 내 뒤통수를 때렸는데, 백발이 성성한 사부의 한 말씀인 '이제 그만 하산해도 좋느니라'를 얻으려면 나는 아직 멀었다는 생각만 가득하였다.

밥 세 끼의
무서움이여

　진심을 말하자면, 나는 1부 순서에서 적당히 빠져 나온다는 계획을 야무지게 품고 그 자리에 나갔었다. 1부가 정 어려우면 2부 순서에는 기어이 집으로 돌아오고 말 것이라는 차선책도 챙겨서 참석한 자리였다.

　이렇게 말하면 내가 무슨 거창한 발표회나 세미나에라도 가는 줄 오해할 사람이 있을지 모르겠다. 물론 그런 것은 아니다. 나는 지금 어떤 망년회 이야기를 하고 있는 것이다. 아니, 망년회란 이름을 붙인 어떤 술자리 이야기를 하고 있는 것이다.

　술자리에도 1부, 2부는 있는 법이다. 아직은 맨송맨송한 정신으로 제법 격식을 갖춰가며, 때로는 한약을 먹고 있으니 오늘 술은 정말 입가심뿐이라고 호언장담을 하는 순서는 말하자면 1부에 속한다.

그러다가 빈 술병이 점점 늘어나고 아무것도 아닌 일에 일제히 기염을 토하고, 누군가를 이 자리에 불러내는 것이 어떠냐며 의견을 모아 전화통에 매달리고, 한약과 술을 함께 먹으면 효과가 배가한다는 이상한 학설이 등장하는 시간이 바로 2부다.

그러나 결론부터 말하면 나는 그 2부 순서에도 망년회가 벌어지고 있는 술집을 탈출하지 못하고 말았다. 아니, 탈출을 하지 않았던 것이다.

내가 굳이 1부, 2부를 구분해 가며 달아날 기회를 노린 것은 오직 내가 술꾼이 아니라는 사실 외에 다른 이유는 없다. 한심한 일이지만 사실 나는 별로 술을 즐기지도, 마실 줄도 모르는 위인이어서 몇 시간이고 이어지는 술자리를 지키는 일은 고역에 다름이 없다. 게다가 전혀 취하지 않는 맨 정신으로 술꾼들의 궤도 이탈된 모습을 보는 일은 비현실적인 공상만화를 지겹게 보는 것과 조금도 다를 바가 없었다.

그런데 이번에는 그게 아니었다. 역시 망년회란 이름을 달고 있었던 탓인지 보통의 자리와는 다르게 뭔지 쓸쓸하고, 덜 비현실적이면서 가끔은 뭉클하기도 했다. 한마디로 연말다운 우수(憂愁)가 있었다는 이야기다.

그 자리에는 나 이외에 소설가가 한 사람, 시인이 한 사람, 출판업자가 한 사람, 일간지의 문화부 기자가 한 사람, 그리고 한동안 실업자였다가 다시 잡지 편집에 뛰어든 문학평론가가 한 사람, 해서 합이 여섯이었다. 물론 늘 그렇듯이 여자는 나밖에 없고 모두들 가장의 멍에만 없다면 한평생 '자유롭게' 살 수 있으리라고 믿는 마흔 이쪽저쪽의 남자들이었다.

우수 어린 분위기를 연출한 첫 번째의 인물은 소설가였다. 그는 술잔을 이마에 부비며 이렇게 말했다.

"올해도 내 꿈은 정녕 꿈이 되고 말았구나."

부연 설명을 하지 않아도 우리는 그의 꿈이 뭔지 다 알고 있었다. 그의 꿈은 자신이 쓴 소설로 최소한 일만 명 독자들의 심금을 울리는 것이었다.

"어이 소설가, 내년엔 오천으로 내려. 난 올해 벌써 그렇게 하향 조정했는데도 꿈으로 끝나고 말았지만……."

이 위로의 발언은 시인의 것이었다. 그러나 기왕 꿈이라면 숫자를 대폭 올려야 한다는 반대의견도 있었다. 그 뒤를 이어 꿈 운운하는 그 발상부터가 이미 독자를 저버리고 있다는, 반대에 반대하는 의견도 나왔다. 그리고 누가 먼저랄 것도 없이 요즘의 안 읽히는 소설, 안 읽히는 시에 대하여 분분한 의견들이 날아다니기 시작했다.

그 분분한 견해들을 여기에 일일이 옮겨 적을 필요는 없을 것이다. 사람들이 알고 싶어 하는 것은 견해가 아니라 제시된 견본 품일 터이므로. 그리고 내가 지금 말하고 싶은 것도 견해가 아니라 그 망년회의 분위기이므로.

분위기의 압권이라면 아무래도 더할 나위 없이 적확한 언어로 자신의 기분을 명료하게 표현하는 평론가의 발언이었으리라. 한 바탕의 열띤 토론이 끝난 뒤에 평론가는 아주 처연한 표정으로 술잔을 쳐들었다. 그리고 말했다.

"아, 처자식과 밥 세 끼의 그 무서움!"

그러자 시인이 평론가의 잔에 자신의 잔을 부딪치며 응수했다.

"아, 목숨의 찬란함과 그 독한 구린내여!"

패러디는 출판업자에게로 이어졌다.

"아, 팔리냐, 안 팔리냐의 그 쓸쓸한 환각이여!"

이번엔 기자선생의 차례이다. 그는 아예 일어서서 장중하게 대사를 읊는다.

"아, 잠적하고 싶은 욕망과 살아야 하는 욕망의 번거로움이여!"

이야기가 이렇게 되면 술맛은 가히 기하급수적으로 상승하기 마련이다. 소설가는 빈 술병을 흔들며 "여기, 열 병만 더!"라고 외치고, 2부 순서의 종장을 예고하는 시인의 흘러간 유행가가 터진다.

그렇게 해서 그 망년회의 3부는 시작이 되었다. 3부는 설명이

불가능한 순서이다. 시인은 누가 듣거나 말거나 계속해서 유행가 곡조를 뽑아내고, 소설 외에 다른 밥벌이를 구상하고 있는 소설가는 장사의 인기 종목을 다 펼쳐놓고 분석을 해대는가 하면, 일찌감치 자신의 꿈을 자전거 전국일주로 작정해 놓고 있는 평론가는 이토록 간단한 꿈조차 이루어지지 않는 현실을 욕하고, 출판업자는 안 팔리게 쓰는 일은 악덕이라고 부르짖는다. 문학담당 기자는 모인 사람들 중에서 가장 나이가 적은 탓에 그 모두를 상대하여 "맞아요."로 박자를 맞추기에 바쁘기만 하고.

파장은 눈앞에 있었다. 언제부터인지 시인의 유행가는 고장 난 레코드판처럼 똑같은 구절만 되풀이되고 있었다. 나는 이제 떠나야 할 시간이 되었음을 알았다.

별로 지루하지 않게 3부까지 다 지켜볼 수 있었듯이, 오늘의 망년회는 전혀 관념적이지 않았다. 마흔 고개들을 넘기거나 벌써 넘어버린, 이미 세상과의 격투에 지칠 대로 지쳐 있는, 우린 정말 세상모르고 살았노라고 외쳐대는, 흥건히 취한 다섯 명의 남자들을 뒤로 하고 나는 술집을 나왔다.

몇 시간 만에 다시 본 바깥세상은 여전히 춥고 황량했다. 거의 인적이 끊긴 거리는 어두웠지만, 아직 잠들지 않은 몇 개의 창문에서 새어나오는 불빛이 있어 외롭지는 않았다.

저 불 밝힌 창 안에는 귀가할 남편을 기다리는 아내와 자식들,

그리고 늙으신 어머니가 있을 것이었다. 귀가 어둔 노모는 대문 소리가 난다고 자꾸만 성화일지도 모른다.

그 불빛을 밟으며 집으로 오는 동안 나는 줄곧 생각했다. 왜 사람들은 새해가 오기 전에 살아온 삼백육십오 일을 잊어버리려고 애쓰는지를, 가는 해는 이렇게 늘 쓸쓸하더라도 다가올 새해는 왜 따뜻해야만 하는지를…….

그러자 나도 문득 따라하고 싶어졌다. 저들처럼 나도 한 번 읊어 보고 싶었다. 이렇게.

아, 잊혀지지 않는 밥 세 끼의 무서움이여…….

마흔,
푸르른 저녁의 나이

1.

요즘은 연필을 입에 물고 앞도 뒤도 없는 생각에 빠질 때가 많다. 그럴 때면 입에 물었던 연필을 고쳐 쥐고 메모지에 그 생각의 가닥 하나를 문장으로 적어놓는다. 밤, 불을 끄고 베개에 머리를 대고 있으면 베개와 머리 사이로 또 그런 생각의 강물이 흘러가는 수가 종종 있다. '나'를 붙잡아 기록하지 않으면 존재가 유실되고 말 것 같은 불안 때문에 그런 때에도 나는 굳이 일어나, 다시 불을 켜고, 아무 종이에나 스쳐간 사념 하나를 문장으로 잡아 확실하게 붙잡아 놓고서 그런 다음 안심하고 잠을 청한다.

그리고 얼마큼의 시간이 흐른다. 나는 책상을 정리하다가, 필요 없어진 종이뭉치들을 처리하려다가, 문득문득 이상한 문장이 적혀 있는 메모지와 만난다. 내 속에서 품어져 있다가 나온 글이라고 하기에는 어딘가 어색한, 그러나 고개 돌려 외면할 수 없는 어떤 진실이 들어 있다고 여겨져서 선뜻 구겨 버릴 수도 없는 메모지들을 손에 쥐고 나는 쩔쩔맨다.

처치곤란이다, 라고 나는 생각한다. 가만히 들여다보면 메모지에 휘갈긴 글들은 모두가 지나간 날들에 대한 변명으로 읽힌다. 다른 것은 몰라도 변명하며 살지는 않겠다고 다짐하고 다짐했던 시절은 스물이었던가. 서른에도 그 다짐에 녹이 슬지는 않았는데, 그런데 이 꼴은 또 무엇인가.

나는 열심히 메모하지만, 또 열심히 메모된 글들을 버리기도 한다. 몇 초의 갈등이 있은 후 나는 어김없이 그것을 오른손에 쥐고 능숙하게 구겨버린다. 다시 손을 펴면 종이는, 한 줄로 적혀진 내 삶의 변명은, 십 원짜리 동전만한 크기로 축소되어 있곤 했다.

그러나 나는 여전히 강물 같은 생각의 편린 하나를 메모해 놓는 버릇을 버리지 못하고 있다. 메모를 버릴 것이라면 메모를 만드는 버릇부터 버리면 좋으련만 그 일이 쉽지 않은 것이다. 누가 그랬던가, 인생의 처음 40년은 본문(本文)이고 나머지 30년은 주석(註釋)이라고.

나는 마침내, 내 삶에 주석을 달지 않아도 되는 마지막 해를 살고 있었던 것이었다. 나는 어쩌면 세월의 징후를 느끼고 예행연습을 했던 것인지도…….

2.

세월의 징후.

이 말을 적어놓고 보니 불현듯 떠오르는 얼굴이 하나 있다. 세월이 비껴간 사람, 세월의 낙인을 받지 않고 서른의 가파른 고개를 거의 다 넘어온 그 사람.

더도 아니고 덜도 아니고 꼭 일 년 전 이 무렵이었다. 건듯 부는 바람에도 마른 가지들이 몸을 부비며 울어대던 계절, 회색으로 침묵하고 있는 하늘이 행여 흰 눈을 품고 있나 싶어 자주 하늘을 보게 만들던 날, 나는 낯선 여자의 음성이 들리는 전화기에 귀를 대고 있었다. 조심스럽게 나를 찾은 뒤 전화를 하게 된 이유를 밝히는 그 음성은 가냘프고 게다가 떨리기까지 하고 있었다.

그녀는 목소리만으로도 얼마든지 나를 긴장시켰다. 그 목소리만으로도 나는 그녀가 온 힘을 다해 말하고 있다는 것을 알아차렸다. 그래서 나 역시 온 힘을 다해 그녀가 하고자 하는 말을 들어주고 싶었다. 나는 우선 불이 켜져 있는 워드 프로세스의 화면부터 껐다. 글자가 떠올라 있는 화면을 보면서 전화를 받는 일은 온 힘을 다하는 것이 아니라고 생각했으므로.

하지만 그녀의 설명을 다 듣고 난 나는 난감해지고 말았다. 그녀가 독자라고 했으므로 성실하게 내 소설에 대해 말하거나 혹은 그녀의 고민을 들어줄 작정으로 있던 나한테 그녀는 그럴 기회를 주지 않았다. 그녀는 다만 이렇게 묻는 것이었다. 자기가 만든 옷을 보내고 싶은데 그래도 되는가를.

그녀는 자신의 직업을 의상디자이너라고 말했다. 소설을 읽고 좋아하게 되었는데 좋아하는 작가가 자기가 만든 옷을 입어 줬으면 하는 마음을 억제할 수 없어 전화를 했다고 말했다. 다른 뜻은 추호도 없고, 그저 옷을 보내고 싶은 마음뿐이니까 주소만 알려주면 우송할 생각이라는 것이었다.

의례적인 꽃다발이라면 모르지만 옷이라니, 나는 이 가냘프고 게다가 떨리는 목소리의 독자가 마음 상하지 않도록 조심하면서 여러 번 거절했다. 꼭 옷을 주고 싶다면 직접 만나서 그에 상응하는 대가를 지불하고 싶다고도 말했다. 그동안 세상이 내게 가르쳐준 바에 의하면 관계의 평형이 무너질 때 마음의 균형도 무너지는 법이었다. 그렇지 않아도 마음의 균형이 아슬아슬하다고 스스로를 판단하고 있던 나였다.

하지만 나는 결국 그 가냘픈 목소리에 지고 말았다. 단순히 옷일 뿐인데, 그 옷 따위에 왜 그리 마음을 많이 두지요, 라고 그가 물었을 때 그녀는 이겼고 나는 졌다. 내 숱한 변명들, 나는 얼마나 교활한가.

내 시간을 방해할 생각이 추호도 없으므로 옷은 소포로 보내겠다는 그녀의 주장대로 옷은 이틀 뒤 우편배달부 손으로 정확히 내게 왔다. 작업실에서 퇴근해 돌아오니까 커다란 박스가 나를 기다리고 있었다. 회색 코트와 체크무늬의 모직 투피스. 그리고 상자 맨 밑바닥에 흰 편지봉투가 있었다.

　나는 편지부터 뜯었다. 전화에서 들리던 목소리처럼 역시 가냘프고 여린, 그리고 단아한 감성이 배어 있는 그녀의 편지를 다 읽고 난 다음 나는 마음 놓고 그가 만들었다는 옷을 정성스럽게 옷장에 간수했다. 그 편지가 아니었으면, 어쩌면 보내준 옷을 자연스럽게 입을 수 없어 옷장에 걸어두기만 했을 것이다. 그러나 상자 밑바닥에 들어 있던 편지는 내게 말하고 있었다. 이 세상에 남아 있는 지극히 희귀한 그것, 무색무취의 순수와 이렇게 만나는 수도 있다는 것을.

　그렇게 그녀는 내게로 건너왔다. 옷이 배달된 지 한 달쯤 지나서 처음으로 그녀를 만나기까지 나는 그녀가 이십 대일 것이라고 추측했다. 일하고 있는 의류회사에서 그녀가 맡고 있는 직함이 디자인실 실장인 것으로 미루면 서른쯤은 됐을지 모른다고도 생각했었다. 그래도 그 이상은 결코 아닐 것이라고 믿었다. 그 나이를 벗어나면 무색무취의 순수를 간직하기가 얼마나 어려운지, 아니 그 일은 숫제 불가능인 것을 나는 경험으로 알고 있었다.

편지에서도 그녀는 자신을 설명하며 자조적으로 이렇게 쓰고 있었다. 아직 정신 연령이 18세 정도에서 키 돋움을 하고 있을 정도라고. 그녀가 말한 18세의 정신 연령을 순수의 밀도 표시로 받아들이면서도 나는 그 밀도가 서른을 넘기기 무섭게 깨어지는 것임을 믿어 의심치 않았다.

노오란 꽃다발을 한아름 안고 내 작업실을 찾아온 그녀를 처음 보면서도 나는 내 추측을 거두지 않았다. 노오란 꽃다발이 썩 잘 어울리는 그녀는 미인이었고 그럼에도 세상이 몹시 낯설다는 표정이어서 보는 사람을 긴장시키는 무엇인가가 있었다.

나는 옷이 아주 마음에 들었고 더욱이 치수까지 맞춤처럼 꼭 맞더라고 말했다. 그녀는 내가 쓴 모든 글을 읽었고 사진도 보았으므로 옷 치수에 대해서는 걱정을 하지 않았다고 대답했다. 글을 읽고, 사진을 보고, 그러면 허리 치수쯤 짐작하는 일은 어렵지 않다던 그녀의 말이 오래도록 잊혀지지 않았다. 글을 쓰면서 나는, 아니 작가라는 사람은, 정신의 사이즈만 보여주는 것이 아니라 육체의 사이즈까지 내비치는 것임을 나는 그녀를 통해 처음 확인했다.

그 첫 만남에서 나는 그녀의 나이가 나보다 불과 두 살 적을 뿐이라는 것을 알고 놀라버렸다. 내가 놀란 이유는 단지 그녀의 외모가 도저히 나이에 근접해 있지 않아서만이 아니었다. 그보다는 그녀의 모든 생활을 감싸고 있는 그 순수한 정신이 그 나이까지 지속되고 있다는 사실 앞에서 어리둥절해진 것이었다.

그 놀라움은 그녀와의 만남이 몇 번 거듭될 때마다 더욱 커져 갔다. 아버지 없이 살아온 어린 시절의 상처들, 채 성년이 되기 전에 어머니까지 잃고 동생과 단둘이 살아오면서 부딪쳤던 거친 바람들, 이 모든 것 위에 이십 년 간직해온 열여덟의 순수 밀도가 존재하다니.

그녀의 순수는 불과 일 년 전에 치러진 결혼에서도 완벽하게 드러났다. 그녀는 서른 중반을 넘기도록 홀로 이 세상을 견디다가 마침내 대학 신입생 때 만났다 헤어진 첫사랑의 남자와 조우하고 결혼을 했다고 말했다. 그 말을 하면서 그녀는 피식 웃었다. 그때까지 서로가 결혼을 하지 않은 채였다는 사실만 확인했을 뿐 더 이상 아무것도 묻지 않았다면서.

그녀를 자세히 알게 되면서, 나는 그녀가 옷가방을 들고 나타나도 이제는 눈을 흘기지 않는다. 끊임없이 책을 읽고, 음악을 듣고, 그림을 즐기는 열여덟의 순수 밀도를 간직하고 있는 사람이라면 얼마든지 좋아하는 작가한테 자신이 지은 옷을 입히고 싶어할 것임을 이제 나는 '순수하게' 인정한다. 어쩌면 그녀가 지닌 무색무취의 순수한테 나 또한 전염되었을지도. 그녀를 보고 있는 순간만이라도.

3.

그런 것이라면 얼마든지 전염되고 싶다.

세상에 닳고 싶지 않은데도 자꾸만 닳아지는 나, 조금은 더 이
세상을 향해 수줍음을 지니고 싶은데도 더욱더 두터워지는 나,
그 옛날 밑줄 그으며 읽었던 책이 말해주는 대로 살고 싶은데도
시치미 뚝 떼고 있는 나.

이처럼 온통 못마땅하기만 한 나에서 벗어나기 위해 전염되고
싶다. 내가 나를 변명하며 사는 시간이 아니기 위해서, 지나간 순
간의 한 장면을 뭉개지 못하고 늘 과거의 강물만 흘려보내고 있
는 내가 아니기 위해서.

양귀자 소설
길모퉁이에서 만난 사람

1판 발행 • 1993년 12월 10일
2판 발행 • 2000년 12월 5일
3판 발행 • 2015년 2월 1일

3판 3쇄 • 2023년 1월 20일

지은이 • 양귀자
펴낸이 • 심은우
디자인 • [★]뀨

펴낸곳 • 도서출판 쓰다
주소 • 서울시 종로구 평창11길 33
출판등록 • 2012년 10월 12일 제 300-2012-191호
대표전화 • (02)395-0390~2
팩스 • (02)379-7322
이메일 • writepublishing@gmail.com

ⓒ 양귀자, 2015
ISBN 978-89-98441-06-7 03810